文春文庫

マリコノミクス！

――まだ買ってる

林 真理子

目次

マリコノミクス！
——まだ買ってる

ブランド好きですが、何か？

テレビの情熱

甲府のきゃりー

マリコノミクス！

——まだ買ってる

ブランド好きですが、何か？

………政治と連載

あけましておめでとうございます。今年もよろしくお願いいたします。

考えるとこの挨拶をして、もはや二十八年。もうちょっとすると、今は亡き山口瞳さんの「男性自身」の長寿記録を抜くことになるらしい。ありがたいことだ。

時々人から、

「ハヤシさんはいいわねー。ちょこちょこっと書けばいっぱいお金をもらえてさー」

と言われることがあるが、〝ちょこちょこっと〟のあとは、「あんな雑文をさー」とか、「適当に書いたもん」が省略されているような気がするの。

が、私とてそれなりに頭も体も使う。一行も書くことがなく、半日うんうんと苦しむこともある。それにお金の方も、この二十年ほとんど原稿料は上がっていないと思う……。

何より安穏としていられないのがこの業界。編集者の方々はちゃんとシビアに、読者の人気を計っている。長く続いたからといって、いつ打ち切りになるかわからないのだ。

そう、発足当時あれほど人気があった民主党が、今回総スカンをくったようなものである。新聞の見出しにもなったがまさに「オセロ選挙」。ここまで人の気持ちがコロッと変わるのだから、政治というのは本当におそろしい。

こんなことを書くと、自分の「先見の明」を見せびらかしているようであるが、あの時民主党新政権誕生に世間が浮かれているのが本当にイヤであった。当時の朝日新聞の
「改革の日を迎えようではないか」

という言葉にしんからぞっとした。

新聞からコメントを求められ、

「鳩山さんなんかじゃ心配」

と答え、

「今日、ネガティブなことを言ってるのキミだけだよ」

と夫にたしなめられた。この週刊文春のページに、

「ホームルーム内閣」

と書いたため、知らない若い女の人から電話がかかってきて、

「だからアンタなんか嫌われるのよ、バカッ、ブス」

と罵られたことは以前お話ししたと思う。

さらに私は落選した大物自民党議員について、

「こうした老獪な政治家をなくしていったいどうするの」

と危惧していた。

私は中川昭一さんのことを思い出す。対談でお目にかかったのをきっかけに、何度か数人でお食事をした。非常に魅力的な方であった。お酒に酔った私が口軽く、

「そういえば週刊誌にこんな記事が出てましたよ。中川秀直さんと昭一さんを区別するのに、秀直さんの中川は（女）、昭一さんの中川は（酒）とするんですって」

するとじっとこちらの目を見て、

「俺だって女、大好きだよ」

とおっしゃったのである。私とはまるで関係ないことであろうが、本当に胸がドキドキした。中川さん（酒）が、あの酩酊記者会見で大失態を演じる少し前のことだ。

そして私と同じように、中川さんの色気にやられた女性編集者がいた。彼女は先の総選挙の時、中川さん不利の報を聞いて、いても立ってもいられなくなったらしい。

「ハヤシさん、中川さんの応援に行ってくださいよ」

と必死で頼んできた。

「うーん、そうはいってても帯広遠いし……」

「でも私、中川さんの秘書に、ハヤシさんが応援に駆けつけるってもう言っちゃいました」

それならばと腰を上げたが、一人で行くのはやはり気が重い。私は仲よしの某有名人に頼んだ。

「飛行機代も私が払うから、お願い一緒に行って」

そんなわけで三人で出かけたのであるが、あの時地元は本当に冷たかった。宣伝カーを道で停めたが、目の前にいるのは羊さんたちだけではないか。

「えっ、ここで喋るの？　講演会で千人の前で喋る人気者の私が？」

とゴネる私。

「すみませんねえ……帯広はもともと人がいないところなんですよ」

と地元の人になだめられた。駅前のスーパーに行ったら、やっと集められたとおぼしき人が何人か。私はマイクを握って語りかけた。心をこめて言った。

「皆さんが民主党がいいって言うなら、それはそれでいいですよ。だけど絶対に落としちゃいけない政治家っているんですよ。もし今度中川さんを落選させるようなことがあったら、帯広の皆さんは一生後悔しますよ」

それなのに中川さんは比例にもひっかからず、あえなく落ちてしまった。そして不慮の死を迎える。

そのニュースを聞いた時私は泣いた。あれだけの政治家を失意のうちに死なせてしまったのだ。ご自身はどんなに無念だったろう。

「もう帯広の人なんか大嫌い。もう二度と行かないからね」

と心に誓ったほどである。

今度の選挙では中川昭一夫人が見事当選を果した。テレビを見ていたら、夫人のまわりを支持者が三重にも四重にもとり囲んでいるではないか。地元でも握手ぜめであった。羊しかいなかったあの時とはえらい違いだ。

つくづく思う。人の心というのはなんと移ろいやすいものであろうか。そして人気という、これほど不確かで残酷なものを頼りに、ご飯をいただく身の上は、作家も政治家も同じではなかろうか。そう考えると、こうして、

「今年もよろしく」

と自分のページに書けることは幸せだ。議員バッジをもう一度つけられるようなものか。気分もあらたに国会に向かう気で、原稿用紙を埋めるつもり。そう、手書き党を一人でも貫きます。

……… テレビの謎

紅白歌合戦での美輪明宏さんはやはり凄かった。それまでの空気がまるで変わり、そこに深くて濃い世界が出来上がったのである。

感動したのは私だけではないらしい。正月明けのワイドショーでは、美輪さんの特集を組んでいた。なんでもインターネットで、

「誰がいちばん印象に残ったか」

というアンケートをとったところ、美輪さんがダントツ一位だったという。

街でマイクを向けられた女の子たちは、

「びっくりした」

「あんなの聞いたことがない」

と口々に言う。

そして今週、いろいろな週刊誌を見ていたらコラムニストや作家たちも、みんな美輪さんをネタにしているではないか。それほど大きな衝撃を受けたらしい。私のようにしょっちゅう美輪さんの舞台を見に行く者でさえ、

「おおっ……」

と声をあげたのだから、美輪さんの歌を聞いたことがない人にとっては、さだめし大変な驚きだったであろう。

若い人に言わせると、

「美輪さんがテレビのバラエティでどうしてあんなにエラそうか、みんながペコペコしてるかやっとわかった」

謎がひとつ解けたという。

「ついでに」

と彼女は私に向かって言った。

「デヴィ夫人っていう人、何をした人なんですか。どうしてあんなにいっぱいテレビに出ているんですか。ハヤシさん、教えてください」

なるほど、今の二十代はデヴィ夫人のバックボーンがわからないようだ。芸能人でもないし文化人でもない。昔えらい人の奥さんだったらしいが、それにしては芸能人に知り合いも多く、自然に、わりと高ビーにふるまっている。

「どうしてあんなことが出来るんですか。もともと何で有名になったんですか」

そうか、もうそういう世代なのか。デヴィ夫人のことさえ書けば、週刊誌がバカ売れした頃をちらっと知っている者としては、感慨無量である。

そういえばこの頃、淡路恵子さんもテレビでよく見かけるようになった。色っぽくて都会的な人気女優だった頃を知っている中高年だけでなく、若い人にもすごい人気のようだ。あまりにも人気なので、先週発売の女性週刊誌に大きな特集が組まれていた。それによるとこの方の波瀾の人生は、フィリピン人の歌手ビンボー・ダナオさん（この名前はなぜかよく憶えている。なぜだろう）と事実上の結婚をした時に始まる。相手がカトリック信者だったため、奥さんと離婚出来ずに入籍なし、つまり未婚で子どもを産んだのだ。結局は別れる。

その後は大スター中村錦之助さんと再婚するが、バツイチの子持ちということで、姑からいじめ抜かれたという。そして錦ちゃんが倒産すれば必死に借金を返し、錦ちゃんが病気になれば全身全霊で看病した。それなのに錦ちゃんたら、後輩の女優さんと浮気して、淡路さんと別れ、彼女と結婚してしまう。不幸はそれだけではない。錦ちゃんとの間の二人の子どもさんは、事故と自死で亡くしてしまうのだ。ちょっと信じられないほどの凄絶な人生だ。そして淡路さんは語る。

「この世には何の思いもないから、死ぬのも自由よ」

こういう言葉に若い人たちは痺れるようなのだ。本当に地獄を味わった人でなければ言えない言葉であろう。

最近の甘っちょろいタレントばかり見ている人たちには、こうした人生の大先輩の存在感はどしんと胸にくるに違いない。

ところでこのあいだ本屋さんに行ったら、『のど元過ぎれば有馬稲子』という本を見つけて、いっきに読んだ。何度かおめにかかったことがある、昭和の大女優である。この方の人生も「凄い」のひと言だ。損することがわかっていても、自分の激情のままに行動してしまう。美しいために男の人がほっとかないから恋の苦労も多い。そして奇しくも、有馬稲子さんは中村錦之助さんの一度めの奥さんである。

中村錦之助さんという人は、聡明で甲斐性ある女性たちに愛される運命だったようだ。そしてまだまだ充分に若く美しい有馬さんにその気があれば、バラエティの人気者になるだろうと私は考える。

それにしても、この年末年始はテレビにどっぷりと浸った。見るだけでなく出演もしたのだから自分でもびっくりしてしまう。

大晦日の生放送に出演依頼があり、

「まさか、ダメだよね……」

と夫に話したところ、

「面白そうだから出ればいいじゃん」

と意外な返事。が、その言葉に甘える以上、直前まで大掃除やおせちの準備にはげんだ私である。

そして局から帰るなり、おめあての紅白に見入り、元旦からはずうっと「食っちゃ寝、起きちゃテレビ」の生活であった。

が、タレントさんやお笑い芸人の劣化はいかんともしがたい。特にMCクラスの手抜きのひどいこと。

「どうしてこんな人たちがテレビに君臨し、高いギャラとってるんだ」

と何度も腹立たしい気分に襲われたものだ。

しかし「イロモネア」を見て、売れっ子芸人を見直した。瞬間芸、モノマネ、ショートコントと、短い時間に自分の力のありったけを披露するのだ。

「この人たち、天才だ」

と何度思ったことであろうか。が、才能ある芸人たちも、MC、司会をする年代や地位になると、面白さは十分の一になる。

「どうしてこの人たちがテレビで大きな顔してるのか」

と私の謎を増やすこととなるのである。

………お土産

　東京に雪が降った次の日、私はダウンにスノーブーツという重装備で外に出た。家の前だけでなく、近くの坂道まで進出して雪かきをする。シャベルを動かしていると、マンションの窓からしきりに手をふる人がいる。

「私も洗たく物すませたら、すぐ行くねー」

　この頃エッセイによく登場する近所の奥さんである。

　二人でせっせと雪をかいていたら、坂の前のマンションの方も、

「すみませんねえ」

　と参加してくれた。そのうちにハタケヤマも出勤してきた。

「ハヤシさん、私もやりますよ」

　さすがに秋田出身で動きが違う。スコップの先で雪を割り、その後プラスチック製の

雪かき具でかき出していく。

一時間もしないうちにあたりの道路がすっきり顔を出した。とても満足である。

世間の人はどう見ているかしらないが、私はホントに真面目で律儀な人間だとしみじみと思う。コツコツ勤勉なところは山梨県人の特徴ではなかろうかと、自画自賛する私。

近親憎悪的に腹の立つことも多いが、年をとるごとに郷土愛が強くなっていく私である。

文化人二百五十人を擁するエンジン01のことは、このページでもよくお話ししてきた。エンジン01は年に一度、いろいろな地方都市でオープンカレッジを開催している。百五十人ほどの会員が集まり、五十コマから六十コマのシンポジウムや講座を繰り広げるのだ。

私はこのオープンカレッジを、山梨で開催したいとかねがね考えていた。随分前から知事さんにお会いするたびに売り込んでいたのであるが、やっと実現の運びとなった。今年の十一月に山梨で開催されることとなったのである。

そして先週のこと、エンジンの主だった幹部と事務局の女性たちで山梨に下見に行くことになった。スケジュールを見た私は、「ひえーっ」と声をあげた。地元のマスコミや県庁・市役所など表敬訪問するところが五つ、下見する会場が三つという強行スケジュールである。二十分刻みで移動しなくてはならない。

「だけどお昼はたっぷり時間をとってくれたみたい。地元のＪＣ（青年会議所）の人たちとおそばを食べるのよ」

と私は説明する。

親しい友人に故郷を見せるというのは、嬉しさと緊張で面はゆい気分。そう、恋人を初めて実家に連れていく時と似ているかも。が、

「ハヤシさん、私、山梨に行くの生まれて初めてなんです」

と言う事務局の女性の言葉に驚いた。東京の隣りなのに。しかも新宿から一時間半という距離である。朝十時発のスーパーあずさで、十一時半に甲府駅に着く。

「甲府ってキレイな街ですね」

と彼女は言うが、最盛期を知っている者としては、シャッターを見るのが悲しい。が、東京の人々に歓声をあげさせるものがあった。

「あ、富士山だ！」

よく晴れた冬の空に、雪をかぶった真っ白な富士山が半分姿を見せている。山梨の者としてはあたり前の光景であるが、何人かはいたく感動したようなのだ。

やがてお昼どきとなり、私たちは有名なおそば屋さんに入った。みんな鴨せいろを注文する。

「ついでにトリモツ煮も少し。ご当地グルメのグランプリをもらった山梨の名物ですか

ら」

トリモツ煮も出たが、それと同時に私の目の前には大きなカツ丼が。

「これも山梨の名物だから、食べてもらわんと」

とおかみさんが言う。山梨のカツ丼は卵でとじたものでなく、キャベツをたっぷりのせ、揚げたてのカツにソースをかけたもの。ものすごくおいしいのであるが、私はダイエット中である。

「じゃ、みなさんと分けていただきます」

と言ったところ、

「他の皆さんにも用意しました」

と、ややミニ版が。サービスで出してくださったものを残すわけにもいかず、鴨せいろとカツ丼をちゃんといただきました。本当に山梨の人は親切だが、きっちりつき合うと太るかも。

そして夕飯は、甲府から車で三十分。私の実家近くのお鮨屋に案内した。

「山梨で鮨かよ」

サエグサさんは不満そうだ。

「山梨って人口比で、鮨屋の数がいちばん多いところなんだよね」

だけどどこもおいしくないという言葉を、もごもごと口にする。確かに海がない山梨の住民にとって、お鮨は大好物で憧れのご馳走だ。しかし甲府の有名店へ行っても、悲しくなるようなレベルである。

私の幼なじみは、三代続くお鮨屋の娘で、家を継ぐため職人のおムコさんをもらった。長男が四代めということになる。彼はもともと野球少年で、甲子園にも出場した。背が高く惚れ惚れするような青年だ。彼の夢はお父さんの後を継いで立派な鮨職人になること。銀座の有名店でずっと修業をしていて、おととし帰ってきたのだ。初めてカウンターで握ってもらった時は驚いた。すごいハイレベルだったのである。

が、大きなお鮨屋ゆえに、ふだんは法事や無尽の宴会料理がほとんどで、彼が腕をふるうチャンスがあまりない。私はこのお鮨を守り、彼を応援していこうと勝手に決めている。そして今回遠回りしてまで、みなに来てもらったわけだ。一行の中には山本益博さんもいる。私はマスヒロさんに批評してもらい、山梨で頑張っている青年を励ましてもらいたかった。マスヒロさんはひとつひとつ注意深く食べ、

「とても綺麗な握りだね。でも順序をもっと考えて」

と丁寧にアドバイスをしていた。よかった、よかった。これで私は郷土にひとつお土産を持っていったような気分になったのである。

最新の機器

ゲラを読んでいた。

この連載をまとめたものは、年に一回発売される。そして単行本になったものは三年後に文庫本になる。かなりシステマチックに、もう三十年近く続いている。

ところが今年異変が起こった。いつもはゲラを読んでいると、

「ああ、あの時ああだったな」

と記憶が甦ってくるのに、今回はまるで思い出せないことがいくつか出てきたのだ。海外旅行などの大きなイベントはさすがに憶えているが、友人とご飯を食べてどうだった、というレベルになると、

「その人、いったい誰であろうか」

と首をひねる。ご飯を食べていたことさえまるっきり思い出せない。どんなことをし

ても浮かばない。

「かなりボケがきているのかも」

と不安になった。

これだけではない。今に始まったことではないが、ふだんのもの忘れはますます激しくなるばかりだ。

人と話をしていても固有名詞がまるで浮かばなくなってきた。

「えーと、女優さんですごく細くてキレイな人で、別れたダンナさんがテレビ局に勤めてて……」

とヒントを口にし、相手から答えを引き出す。

知人の名前となるとお手上げだ。いつも失礼なことばかりしているので、自分なりに記憶するやり方をつくり出した。それは有名人の名前とからめるという方法だ。ある時若い女性を紹介されて、「イソノさん」という苗字を頭に叩き込んだ。

「磯野貴理子さんのイソノだわ……」

次からその人と会う時は、人気タレントの顔を思いうかべるようにした。この女性とはいろんなところでよく会う。私はそのたびに積極的に挨拶していたのであるが、ごく最近彼女に言われた。

「ハヤシさん、私の名前はキリノじゃありません、イソノです」

どこかで逆になったまま憶えてしまったようだ。

それ以外にも言い違い、もの忘れはしょっちゅう。夫からは、

「そうデタラメな単語を口にする前に、いったん考えてから話せ」

と怒られたぐらいだ。

しかし今、私は最新兵器を手にしたのである。ジャーン、アイパッドミニである。

かなり以前にアイパッドを買っていたのであるが、持ち運ぶのがめんどうで置きっぱなしにしているうちに使わなくなってしまった。このミニは以前のアイパッドの半分ぐらいの大きさなので、ハンドバッグに入れることが出来る。しかもすごいところは、音声で入力出来る機能がついていることだ。まだ手にしている人が少ないので得意で仕方ない。電車に乗る時は必ず見せびらかすことにしている。

実は私、ケイタイの方はスマートフォンでなく、まだ従来の古い型だ。スマートフォンに替えようとしたところ、私の機械オンチを知っている人たちから、

「ハヤシさんは絶対に使いこなせないよ」

と断言された。それも一人や二人でないのですっかりイヤになってしまったのである。

メールをする時にものすごく打ちづらい。間違えてトラブルが起こったとえんえんと聞かされ、

「どれ、ちょっと貸しなさいよ」

ではないか。

と人のを取り上げ、試しにうとうとしたのだが、肝心の文字がまるっきり出てこない

「どうも私の指は太過ぎるようだ」

とやがて気づいた。というわけでいつまでも折りたたみ式のケイタイを使っているのであるが、もはやこれは絶滅寸前。電車の中で恥ずかしくて出せないようになった。これを持っていると、いかにも機械に弱いおばさん、という感じではないか。本当にそのとおりであるが……。

さて自慢のアイパッドミニを持って、私はいろいろなところへ出かける。おとといは会食にも持っていった。一緒に食事をした人は歴史好きなので、話はやがてそっち方面へ行く。

「高杉晋作と一緒に戦った人で、○○という人がいたんだけど、この人がすごく面白くてね……」

私はさっそくミニを取り出し、即座に検索してみせる。

「あ、この人は明治まで生きてますね……」

急に賢くなったような気がする私。とはいうものの、この○○という人物が二夜明けた今、全く思い出せない……。

「ハヤシさん、この人を小説に書くとすごくいいものが書けるよ」

「そうですね、すぐに調べてみます」

という会話があったはずなのに……。

誰か高杉晋作と一緒に戦った○○という人を教えてほしい。ヒントも思い出せないけれど。

さて会食の最中ワインが運ばれてきた。

「このワインは特別に持ち込ませてもらった、とても珍しいボルドーなんだ」

確かに見たことのないラベルである。

私は愛用のミニを持ち、音声アイコンを押しながらおもむろに言った。

「シャトー×××を教えてください」

すると皆が笑った。

「ハヤシさん、その発音じゃ絶対に無理だよ」

ああそうですか。悪かったわね。それにしても私が、これほど最新の機器を使いこなせるとは思わなかった。

この勢いでパソコンもやってみようかと一瞬考えた。パソコンで書いて、そのまま編集者に送ったら、どれほど喜ばれることであろう。私もとても便利になる。出先でファックスを借りるわずらわしさから逃れられるのだ。

しかしこの聖域はまだまだ守るつもり。そういえばこの連載をまとめた前回のゲラの

中にも、

「やはりパソコンを使う気にはなれない」

と悩んだ一文があったっけ。

ようこそ先輩

……


最近あんなに焦ったことはなかった。

新宿駅南口。私はいつもここの指定席券売機で山梨行きのチケットを購入する。いつもどおりの手順を終え、現金を入れる段になった。財布を開ける。だらしない私の財布は、いつも領収書でパンパンになっている。その間から二枚の千円札を見つけ中に入れた。あと三千円……。が、ない。二枚の千円札しかなかったのだ。ふだんだったら、二枚か三枚の一万円札は残っているはずなのにそれがない。何かの間違いだろうと、もう一度財布を点検したが何も入っていない。

その合い間にも、券売機は、

「現金をお入れください……、現金をお入れください……」

と繰り返す。

私はあたりを見渡した。が、南口のどこにもＡＴＭは見あたらないのだ。あそこに行きさえすれば、いくらでも（ウソ）現金が引き出せるものを。仕方なく私はパスモをつっ込んでみたがそれが戻ってきた。試しにクレジットカードも入れたがそれも駄目だった。

「現金をお入れください……現金をお入れください……」

えーい、うるさい。私は券売機の取り消しボタンを押した。今度はハンドバッグの中をかきまわしてみる。後ろに人が並んでいないのがせめてもの救いだ。確かうちの人に、タクシー代を渡したおつりと領収書をもらっていたはず。財布以上にごったがえしているバッグの中に、白い封筒を見つけた。大急ぎで封を破る。中には千二百円……。これでは特急に乗ることも出来ない。

こうしている間に、発車時刻は迫ってくる。いったいどうしたらいいんだ。入場券買って特急に乗り込んだとしても、車掌さんの精算の時に困る……。もう涙が出そう。

その時に思い出した。おととい人のうちに行き、そのうちの奥さんが電話中に、出前のお鮨代を立て替えた。それを返してもらったんだっけ……。もう一度探すと封筒の中に一万円札と小銭が。助かった！

ちなみに新宿駅南口は、改札の中に入るとすぐにＡＴＭ機が置いてある。いつもその前を通っていたのにすっかり忘れていたのだ。

　ところで、今回の山梨行き、いつもの帰省とは違う。テレビ番組のロケのためである。

　ＮＨＫで「課外授業ようこそ先輩」というテレビ番組がある。各分野で活躍している先輩が、母校を訪ねて授業をするというものである。見ている分には、心あたたまるいい番組であるが、出演は、

「時間かかりそう。めんどうくささそう」

　と思い、何度かお話はいただきながら、その都度お断りしてきた。

　ところが三年前のこと、帰省していた時にたまたま小学校までの道を歩いた。私が育った、再開発された商店街と違い、この道は昔とあまり変わらない。知っている店に入り、おばさんと昔話をしたりした。そして母校の校門前でブログ用に一枚パチリ。

「本当に懐かしいです。これなら『ようこそ先輩』断るんじゃなかった」

　と書いたところ、それを見た制作会社の方から、

「ぜひご出演いただけませんか」

　と依頼があった。そういうことならと、ややエラそうに承諾したところ、ここで思いもかけない事実が判明。なんと少し前に、私の母校で「ようこそ先輩」の撮影は行われているというのだ。作詞家をしている方がお出になったらしい。都会の有名校ならいざしらず、こんな田舎の小学校で……。

「規定により、一回出ると三年間はちょっと撮影無理です」

ということでそれきり番組のことは忘れてしまった。

ところが昨年の夏、また出演依頼があったのだ。私はてっきり前回、連絡をいただいたところからだとばかり思っていたのであるが、撮影の終わりに違う会社だと判明した……。

それはともかく、重たいカートをひいて、やっとのことで特急に乗り込む私。放映が四月なので春物を着てきてほしいということだった。しかも、

「せっかくハヤシさんが出てくれるなら、二回に分けて放映したい」

ということでお洋服も二回分。ドキュメンタリーなので、もちろんヘアメイクもつかない。髪だけは近くの美容院の人が朝セットしてくれることになったが化粧は自分でする。いつもは手っとり早く手抜き化粧しかしていないので、この撮影のためメーキャップ用品を買い揃え、それがカートに入っている。が、いちばん大切なものは、クラス四十二人の顔写真や資料である。

今回やってみてわかったが、スタッフの熱心でねちっこいことといったらない。何度も打ち合わせがあり、その都度企画書が書きかえられる。ディレクターたちは、何度も学校へ行き、学校側や子どもたちと会って綿密な打ち合わせや準備を進めてくるのだ。

どちらかというと、

「行きあたりばったり」

の精神でもよしとする、わが業界とは大違いである。番組も見ていると、先輩が思いのままに授業を進めているようであるが、よーく考え出されたレジュメがあるのだ。宿舎となるビジネスホテルのロビイで顔合わせをしたが、スタッフはなんと十一人である。私を主に撮ってくれるカメラマンと音声さん、そして子どもたちを撮るチームとがいる。なんかすごい。

私はたまにテレビ局のスタジオに出してもらうことはあるが、ロケに行くということはまずないのでこんな大がかりだと思わなかった。次第に緊張してくる。

このところトシのせいで口角が下がり、不機嫌そうだとよく言われる私。生徒たちにこわがられないようにしないと。にこやかに微笑もうと、夜は顔筋マッサージにはげんだ。

……

ようこそ先輩　その2

「課外授業ようこそ先輩」の収録は、山梨で三日間ということになった。丸々二日、朝から夕方までびっちりの撮影だ。最後の一日は、

「公平を期すため」

授業をしないもうひとつのクラスで、簡単な講演のようなものをしなくてはならない。プロデューサーの方に聞いたところ、これは学校側から必ずといっていいぐらい頼まれるそうだ。

そもそも二日間を、撮影のための授業に替えてくれるというのは大変なことであろう。学校や保護者の理解がなくては出来ないことである。都会の小学校では、この時期受験があるのでまず無理だという。

「ここは校長先生が、ハヤシさんならばと、とても協力的なんです」

その校長先生であるが、行ってみてびっくり。高校時代の同級生ではないか。しかも同じクラブであった。

「へえ！　すごいじゃん。校長先生になってるなんてさ」

と、さっそくタメロを叩く私である。

そして撮影は、かつての登校の路を歩きながら思い出話をするシーンから始める。雪の残る盆地が見える道を歩く。すると向こうから集団登校の一団がやってきた。その子たちの可愛いことといったらない。ほっぺたが本当にリンゴのように真赤なのだ。はにかみながら「おはようございます」と声をかけてくれた。

そして校舎に入り、廊下を通って六年二組のドアを開ける。いっせいにこちらを見る顔がまぶしい。「二十四の瞳」の大石先生になったような気分である。向こうもこわごわという感じであるが、こちらもおっかなびっくり。まずは自己紹介から。

「小説を書いてる林真理子と言います」

黒板に字を書く。

「みんなの先輩だよ。すんごい前だけど」

校舎なんか木造で、もちろん汲みとり便所。トイレットペーパーというものにお目にかかることはなく、

「新聞紙を切ったものを使ってたんですよ」

話していくうちに、戦中戦後の、暮らしの語り部のような気分になってきた。

「何か質問あるかな」

ハイ、ハイと元気に手が挙がる。

「ハヤシさんって、テレビに出たことありますか」

「ありますよ。現にこれテレビの撮影だよ」

「マツコ・デラックスに会ったことある？」

「あるよ。対談したことあるよ」

わーっという歓声。どうもこの地域の子どもの「有名人」の基準は、マツコ・デラックスに会ったかどうかということらしい。こういう時、もっと自慢したくなるのが、私のよくないところだ。

「〝嵐〟だって会ったことあるよ。ＡＫＢだってあるんだから」

へえーと、子どもらの目に尊敬の念が宿る。

さて可愛い後輩たちであるが、私がとても怖れていることがあった。

「ハヤシさんって、うちのお祖母ちゃんと同級生」

と言われたらどうしよう。田舎は結婚が早く、同級生で「二十歳で結婚、娘も二十歳で結婚。四十一でお祖母ちゃん」という人がいたからである。が、

「うちのお父さん、ハヤシさんと小中高同級生だって」

といってくれるコがいてホッとする。いくら若づくりしていても、お祖母ちゃんの同級生となったら、かなりひかれてしまうに違いない。

授業の内容は四月の放映を見ていただくとして、本当に楽しい三日間であった。終った後はスタッフの人たちと近くの居酒屋へ行き、あれこれミーティングをするのも新鮮な体験である。

ドキュメンタリー専門の人たちというのはこれほど真面目で真摯なのかと驚くばかりである。お酒を飲みながらも話すことといえば、子どもの表情がどうだった、本当に心を開いてくれていただろうか、ということばかりである。スタッフの人たちは、四十二人の子どもの名前と個性をほとんど頭に入れているのだ。

最後の授業で、子どもたちに向かって話をしていたら、もう少しで涙が出てきそうになった。きらきらした瞳や笑顔が、どうか曇ることがありませんように。もうじき卒業する六年生、小学生の時は楽しくても、中学生になるとつらいことが起こるのはご存知のとおり。いじめや登校拒否といったいろいろな試練が待っている。

「どうかそれに負けないで強い大人になってね」

と私は祈らずにはいられない。

ところで昼休みになると、校長先生が声をかけてくださった。

「よかったら給食を食べませんか」

メニューを見るととてもおいしそうだ。チーズドッグサンドに、ミネストローネだって。スタッフと一緒にお弁当を食べてもよかったのであるが、こちらをいただくことにする。

食べながら校長先生と思い出話をする。

「よくオレのこと、憶えてたじゃん（甲州弁です）」

「憶えてるさよー。顔がちっとも変わってないじゃん」

特徴ある童顔の人だったのである。

「髪はかなり変わったけどさー」

とついつまらぬことを口にする私である。

校長先生は昔の私の作文を見せてくれた。これは今、この小学校のホームページにものせているそうだ。

「私がもし○○小学校の校長先生なら」

大きな木を植えて、うんとおいしい給食にするそうである。恥ずかしくてとても読めなかった。

なんか生意気でイヤなコだったんだろうなア……。まあ、それでもあたたかく迎えてくれて、ありがとねー。ミネストローネは冷めてたけどおいしかった。ちゃんと夢みたとおりの学校になっているよ。

………一枚の写真

先日のNHKスペシャルで、カメラマン、ロバート・キャパを特集していた。戦場カメラマンとして、あまりにも有名な人だ。

最新のCGを駆使して、意外な事実がわかっていく。それはあの衝撃的な一枚、死にゆく兵士をとらえたものは、本当は武装訓練をしている最中だったということ。そしてシャッターを切った人物は、キャパではなくその場にいた恋人のカメラマンではないかということである。

「キャパのその後の人生は、この写真を越えるものを撮ることだったのではないか」

と沢木耕太郎氏が書いたナレーションの文章は続く。そしてキャパの第二次世界大戦末期の一枚が映し出される。その写真には記憶があった。顔をそむけたくなるほど残酷な光景だったからだ。

パリ近郊の町の通りを頭を丸刈りにされた女性が歩いていく。それを憎悪を込めた目つきで群衆がとり囲んでいる。ナチスに協力し子どもを生んだ女性に、皆がリンチを加えているのである。私はこの写真を初めて見た時、嫌悪と恐怖で神経という神経がざわざわとしたのを憶えている。

フランス人がどれほどナチスに苦しめられたかを、日本人である私は実感出来ない。しかし受難がどれほど大きなものだったとしても、女性の髪をよってたかって刈ってしまうとはなんという怖しさであろうか。この若い女性は協力というよりも、たぶんドイツ兵と愛し合ったに違いない。女性にいちばん辱めを与える罰は、ヨーロッパでは丸刈りにすることなのであろう。

同じシーンを、映画「ライアンの娘」「愛と哀しみのボレロ」で見ることも出来る。そうそう、最近大ヒットした映画「レ・ミゼラブル」の中にも、女性が髪をざくざく切られる場面があった。こちらは丸刈りではないけれども、かなり陰惨な感じだ。貧しさのゆえに髪を売らなければならない女性を、アン・ハサウェイが迫力満点に演じる。目にいっぱい涙をためて歌うからなおさらだ。

とにかく女が髪を刈るということに私はいい印象をまるで持っていないのである。だからAKBの女の子が髪を刈っておわびした時、いやーな感じがした。彼女が可哀想で可哀想でたまらなくなった。

「たかが恋愛で、こんなことまでしなくてもいいのに……」

と多くの人が思ったに違いない。しかし、こんなことで驚いてはいけなかった。先日世にも醜悪な丸刈りを見てしまったからである。

朝のワイドショーを見ていたら、今、四国のとある県（腹が立ってすっかり忘れてしまったではないか）で、ものすごく話題になっているCMがあるという。それは可愛い女の子が、自分で髪をバリカンでじょりじょり刈っていくものだ。そしてあっという間に丸刈りになり、ひと言、

「スッキリ！」

運送会社の引越しパックのCMだ。

これには裏話があり、かつてこの会社は、「スッキリ!!」という番組に取材されたことがある。それでもう一度、テレビに出たいということで、運送会社の社長が考えたものだという。女の子を丸刈りにして「スッキリ」と言わせれば、同じタイトルのこの番組がきっと来てくれるだろうと踏んだのだ。

なんという俗悪さ、何という田舎くささであろうか。なぜか眉をしっかり描いている社長が、得意そうにインタビューを受けていて、

「何考えてんのよ！　このオヤジ」

と私はテレビに向かって叫んだ。

「スッキリ!!」のコメンテーターのテリー伊藤さんが何か言ってくれると思ったのに、「いやあー、ここの社長にまんまとやられちゃったなア」と笑っていただけだ。精神科医の香山リカさんはすごく嫌な顔をされていたが、テレビはコメントの機会を与えなかった。

髪を刈ったタレントさんのインタビューもあったが、まだウィッグをかぶっていた。大阪に住む彼女は言う。髪を刈ることに最初抵抗はあったけれど、これをきっかけに有名になれればいいと思っていたと……。

ひどいではないか。無名のタレントの女の子の必死の思いをいいことに、あの「自社の宣伝をすべて考えている」とかいう社長はバリカンを与えたのだ。そして笑顔で自分の髪を刈れと命じたのである。これって究極のパワハラではなかろうか。いや、パワハラなんて言葉では済まされない。ちょっとお金と力を持った権力者の、

「テレビに取材してもらいたい」

という願いゆえに起こった、重大な人権侵害だと思う。

カツラかぶってたタレントの女の子にも言いたい。こんなことで絶対に有名にはなれないよ。髪を刈ったって、ワイドショーに一回出たら終りだよ。

その昔、宮崎美子さんが木の下で水着姿になって大ブームを巻き起こしたCMがある。が、あのCMは全国放送だったし、宮崎さんが本当に可愛くて新鮮だったからだ。髪を

刈るなんて、なんて愚かなことをしたんだろう。髪はいずれ伸びるにしても、あの時の屈辱感は一生持ち続けるはずだ。

ところで、以前、いじめ問題にからんで、テレビのバラエティ番組が論議の対象になったことがある。若手芸人をけとばしたり、熱湯につけたりして皆で遊ぶ番組がやり玉にあがった。ああいうシーンが、いじめを助長しているというのだ。

これについて憤懣《ふんまん》やるかたない、といった感じで大物タレントが言った。

「冗談じゃない、何がいじめだ。僕らは仕事でお互い納得ずくでやってんだから」

しかし本当に納得ずくだろうか。「売れたい」という若手芸人の必死な思いと、子どもの「仲間はずれにはなりたくない」という気持ちは同質のものである。

キャパの一枚の写真によって、私の思いは現代のいじめにまでたどりついてしまった。

ソウルの威力

十数年ぶりにソウルに行った。たった一泊の旅であったが、ことのほか楽しかった。まず食べ物がおいしい。私はチヂミが大好物で、近くの焼肉屋へ行く時は必ず食すが、やはり本場のものはぱりりっと焼いてある。スープも薬草を炊き込んだご飯も、深夜に食べた参鶏湯《サムゲタン》もまことに美味であった。

一緒に行った友人が、街中のホテルをとってくれたのであるが、ここは不思議なところだ。一階のアーケードには、高級ブランド店がいくつかある。が、その真下、エスカレーターを降りた地下街には、ブランドのニセ物を売るショップがずらっと軒を連ねているのである。よく真上の本物ショップから苦情が出ないものだと感心してしまう。

お土産を買おうと、Kポップの聖地、SMエンタテインメントの事務所に行ったところ、女の子たちの行列が出来ていた。それが尋常の長さでない。中に入ると人の列がロビーをつっきり、下の階段まで延びているではないか。

「きっとスターを待っているんだよね」

と友だちと言い合っていたら、現地の女子大生が聞いてきてくれた。

「これから新しいグループの、オーディションが始まるみたいです」

「まさかア！」

同時に叫ぶ私たち。並んでいるのはふつうの女の子たちばかり。どう見ても〝標準〟に達していないコもかなりの数いる。

「でも顔なんかどうにでもなるよ」

韓国通の友人が言う。

「こっちの関係者に聞いたら、顔よりもまず脚見る、って言うもん。顔なんかデビューさせる前に、ちゃんと改良するから大丈夫」

そう言えば韓国は美容整形の盛んなところだ。バスの広告はたいていが美容外科だ。日本で手術すると高いので、こちらでやるわが同胞は多いようである。ニセ物にしても整形にしても、あっけらかんとした文化だ。

「せっかくだから、私たちも何かしてこうか」

と冗談で言いかけ、イヤーな思い出が甦った。それはつい最近のことである。昔から仲のいい男性編集者と話していた。

「ねえ、女優の○○○って、もろ整形なんだってね。私は今さら顔直そうとは思ってないけどさ、若い頃にやっときゃよかったってしみじみ思うのよね。そうすればあんなにいろいろ言われることもなかったのにさー」

そうしたらその男、何て言ったと思います？

「あんたの若い頃って、整形の技術が進んでなかったから、今頃悲惨なことになってたよ」

相当ひどい言葉だ。それじゃ技術の進んだ今、やればいいかと言うと、私の年齢だと〝改良〟よりも、〝引き上げ〟が主目的となる。それはどうも気が進まないし……。

が、整形はしなくても、おばさんたちの大好物はいくらでもある。そのひとつが占いだ。もう占いはしない、と宣言した私であるが、

「ソウルにものすごくあたるところがある。ハンパじゃなくすごい」

という友人の言葉に心が揺り動かされた。友人は、韓国マニアの○○ちゃんからこの占いのことを聞いたそうだ。

「その○○ちゃんが、特別に予約を入れてくれたの」

と話しながら、ホテルの地下街を歩いていたら、その○○ちゃんが歩いてくるではないか。私たちが行くことを知って、飛行機を予約したそうだ。羽田発で二時間半で着くので、みんな気軽にやってくる。

「ハヤシさんの予約は二時からでしょ。私も今日は四時から頼んどいた」

〇〇ちゃんは、地下街の一角にあるハンドバッグ屋さんに案内してくれた。ここは×××のバッグをそっくりにつくることにおいては、名人級だそうだ。ちゃんと×××の焼印を押してくれるというから驚くではないか。そのバッグで大儲けしたという女主人は、私と同じぐらいの年格好で日本語がうまい。占いの際は彼女が通訳をしてくれるそうだ。

あたりを見わたすと確かに××××そっくりなバッグが、棚いっぱいに並べてあった。そしてその傍にパネルが飾ってある。大学の卒業式で、ガウンを着た若い男性が写っていた。いかにも学歴社会の韓国らしい。日本で、息子の大学卒業時の姿を、パネルにして飾っておく店があるだろうか。

「息子さんですか」

と尋ねたところ、待っていましたとばかり、

「そうだよ。高麗大学を出たんだヨ」

高麗大学なら私も知っている。

「すごいじゃないですか、名門ですよね」

「たいしたことないヨ。日本で言えばワセダだヨ」

と、カカと笑った。

そして占い師の男性が、パソコンを持ってやってきた。私は名前と生年月日を書いて渡した。

「あれ、お客さん、私よりひとつ上だね」

とおばさんがのぞき込む。そして占いの人の韓国語を日本語に直してくれた。

「何でもあなたの聞きたいことを言ってください」

「えーと、仕事は忙しいんだけど、お金がない。まるっきり貯まらない」

占い師の男性はパソコンを操作し、今年からきっとお金持ちになるだろうと言ってくれた。

最後に私は問う。

「夫婦関係はどうですかね。ケンカばかりしてますけどねえ」

おばさんは私の方をぎょろりと睨み、声を張り上げた。

「これは占いじゃないヨ。私の意見だヨ。あのね、仕事もうまくいく。子どももちゃんと育つ。それで夫婦も仲よく、なんてこと、あり得るわけないでしょ。お客さん、そんなに欲張っちゃダメだヨ。あんた、間違えてるヨ」

本当にそうですねと、私は素直に頭を下げたのである。

忘れないこと

青森に記録的な大雪が降った日、そちらに住んでいる友人に電話をかけた。

「どうしてそんなこと知ってるの」

驚いている。

「だって朝からＮＨＫニュースでやってるよ」

「へえー、全国ネットなんだ……」

彼女が言うには、うちの中にいても地鳴りがするぐらいすごい雪だそうだ。

「こういう時、配達はどうしてるの。特別に休んでるの」

彼女のうちは、人を何人も雇う大きな新聞販売店をしている。

「ううん、歩いていくか、車で行くかでちゃんと新聞届けてるよ」

東北の人の底力を見たような気がした。五メートルの積雪の中でも、ちゃんと日常生活を営んでいるのである。

日常生活といえば、つい先日法事のために山梨に帰ったのであるが、笹子トンネルが全面開通していた。ごくふつうに、以前と同じに車が行きかう光景に複雑な気分である。こんなに早く「ふつう」になってもいいのであろうか。

震災直後、蓮舫さんが思いつめた表情で言ったものである。

「皆さん、まずトイレの便座の暖房を消してください」

あの直後はみんな守っていたのに、昨年は真夏でも火傷しそうなほど熱くなっていた便座をいくつも経験した。私はそういう時、

「便座の電源切りおばさん」

となって、デパートやレストラン、よその会社の便座のスイッチを切っていくのである。

ある出版社に用事で行ったところ、ふだん使われていない階のトイレが、やっぱりぬくぬくしていた。私はただちにスイッチを切ろうとしたのだが、操作がうまく出来ない。こういう時は知り合いの編集者にすぐに連絡する。かなりイヤがられているかも。が、この熱い便座に座るたびに、私は大切なことが薄れかけているのではないかと実感するのである。

つい先日、東北のあるラジオ局から電話インタビューを受けた。最初は仕事の話であ

ったのだが、突然こう問われた。

「ハヤシさん、今、東京の人たちは震災のことについてどう思われてるんですか」

私もつい正直に答えた。

「残念ながら、大半の人はもう忘れかけているんではないでしょうか」

「そうですか、やっぱり……」

「でも忘れていない人たち、態勢を整えて長期のことを考えている人たちもたくさんいますから」

私もそうした一人でありたいと願っている。

「3・11震災孤児遺児文化・スポーツ支援機構」という団体を立ち上げたのはおととしの秋。会長は三枝成彰さん、私は会長代行という立場である。

震災直後、いくつかの団体やNPOが出来、両親かどちらかの親が亡くなった子どもたちのために多くの寄付金が寄せられた。これによって奨学金は充実しているらしい。しかしお金だけではなく、もっと心に寄り添った支援が出来ないか考えた。年間一万円の会費を募る他に、エンジェル会員というのもある。こちらは年間二十五万円と高額であるが、子どもに直接会ってめんどうをみる権利と義務がある。このエンジェル会員が三人か四人で、一人の子どもをケアするわけだ。いわば「東京のおせっかいおじさん・おばさん」ということになる。子どもが望めば、学校が休みの時は、ディズニーランド

や行楽地に連れていく。また現地のスタッフが、一人一人面接をして、

「何をしたいか」

と聞く。ピアノをもう一度習いたいという女の子には、中古のピアノを贈り、先生をつけた。このレッスン代は、私たちの資金で払う。その他英語をちゃんと身につけたい、という子どもにはスカイプの機械とアメリカ人の先生を提供する。現地の家庭教師の派遣会社と提携して、勉強の遅れを心配する子どもの学力アップをはかる。

子どもたちの将来を見据えて、その子が望むものをきめ細かく支援したいというのが、私たちの狙いだ。

が、最近ちょっと問題が。私がエンジェル会員で、「うちの子」としている中二のA子ちゃんから、こんな要望が寄せられたのだ。

「女優になりたい。芸能界に入りたい」

これにはみんなうーんとうなってしまった。会ったことがあるA子ちゃんは確かにかわいいコであるが、運が大きく左右する女優さんってどうなんだろうか。本当の親御さんなら何と答えるんだろうか。

「そんな夢みたいなこと、考えるんじゃないわよ」

と叱るのか、それとも、

「夢は大切に育てなさい。お母さんも応援するわ」

と励ますのだろうか。私はこの件についてずっと考える日が続いた。他人だからといって、彼女が初めて抱いた夢を簡単に否定したくないし……。

そんなある日、劇団系の女優さんとお酒を飲むことがあった。彼女は言う。

「私は子どもがいないんで、お芝居好きの子を養女にして、可愛がっていろんなことを教えたい」

私はこれだ、と思った。まずはA子ちゃんに彼女のお芝居を見せ、何かを感じてもらおう。養女はともかく、彼女にぴったりの相談相手が見つかったのだ。とまあ、こんなことばかりしている。

ところで以前行なったチャリティコンサートを、再びサントリーホールで行なうことになった。ポップスから石川さゆりさん、五木ひろしさん、クミコさん、谷村新司さん、平原綾香さん、由紀さおりさん、クラシックから佐藤しのぶさん、中丸三千繪さん、川井郁子さん、横山幸雄さん他超豪華メンバー。三月十一日です。私もバザー会場にてお待ちしています。

………本末転倒

先日、半年ぶりぐらいにブログのプロバイダーさんたちが揃ってやってきた。データを報告してくれるためだ。私のブログにアクセスしてくれる方々が、すべて分析されている。

それによると月のアクセス数は三百万という数字になった。そりゃあ人気絶頂のアイドルならどうということもないであろうが、地味な作家という仕事で、この数字はなかなかのものだと思う。

もとはといえば、このブログは、私の本の販促のために始めたものである。しかしこのブログからアマゾンにジャンプされる数といったら、もうお話にならないぐらい少ない。

しかし私がごくたまに読んだ本を推薦すると、すごく反応があるらしい。シブめの翻

訳書が増刷になったとかで、

「本当にありがとうございます」

と、会ったこともない編集者の方からお礼状をもらったことがある。

「もうこうなったら、自分の本をばんばんブログに出して、自分で推薦するべきだよね」

と冗談で口にしたが、そういうものではないようだ。

あたり前のことであるが、どこからも一銭ももらっているわけではない。それどころか、パソコンに打ち込んでもらうライターさんやプロバイダーさんにわずかであるが、毎月のものをお支払いしている。ゆえに赤字である。それなのに結果的に他人さまのものを宣伝してあげることになっているのだ。

このあいだは、いつも買う海外ブランドの化粧品を、成田の免税店で買ったところ、

「ハヤシさんのブログを見て、これを買いに来てくれるお客さん多いんですよ」

と、試供品を何個かくれた。得することってこれぐらいであろうか。

そんな話はともかくとして、プロバイダーさんは、表を見せてくれた。

「ハヤシさん、どんな記事にみんながとびついたか、この表を見てください」

それによると、一位を「文春王子」と脚本家「中園ミホ」さんがせっている。「ファッション」や「美食」を抜いてこの二人がダントツである。

「へえー、すごい人気だよね」

私はさっそくこの連載の担当編集者「文春王子」に電話をかけた。彼は女装というほどではないが、いつも女もののキバツな服装をしている。レースやフリルひらひらの、デコラティブなものを着ていても、色白の美青年だからよく似合うのだ。

「あなたの記事が、私のブログの第一位だよ」

と言ったところ大層喜んでくれた。

「これからもハヤシさんのために、僕はもっとおしゃれしますよ」

と誓ってくれたのである。

今日は中園ミホさんに会ったのでその話をすると、

「へえーホント？」

と半信半疑であった。

「でもそれはたぶん、業界の人だと思うわ。この頃テレビ局に打ち合わせに行くたんびに、『ハヤシさんとこのあいだ会ったんだってね』と言われるもん。みんなハヤシさんのブログ読んでるんだよ」

という。

「でも業界の人だけで、月に三百万になるかしらね。同じ人が毎日見てるとしても、三十で割っても十万人だよ」

「そうかア……」

彼女は業界一の美貌を誇る「魔性の女」である。どこへいってもおじさんたちが群がってくる。しかも、ここがいちばん大切なところであるが、「ドクターX」や「はつ恋」などのヒットメーカーとして、今のりにのっている。おそらく私のブログを見ている人は、「評判の才女かつ魔性の女」の近影を見たいのではなかろうか。

「あとハヤシさんがお買物をすると、アクセス数が上がります。ですからもっとお買物をしてください」

そう言われても、この頃もの入りが多く、出来るだけ洋服を買わないようにしている私だ。しかしショップの前を通ると、

「いけない。たまにはこういうところに来て写メしなくては」

と焦る気になる。そして中に入ってついお買物をしてしまう。これって「本末転倒」というものではなかろうか。

「これもアクセス数がいい」

というので〝美食〟の記事も出来るだけ多く載せるようにする。個室か、お店の人に断わってのことであるが、お料理の写真もよく撮る。

よく行く近所の焼肉屋さんなどは、

「今、肉のせますよ。いいですか。はい、今、シャッターチャンスですよ」

などと言ってくれるようになった。

ある日、この焼肉屋で食事をしていたら、店長さんが教えてくれた。

「今、お店にハヤシさんのファンが来ていて、サインを欲しいって言ってますけど」

有難いことで喜んでさせてもらったが、いったいどうしてこの焼肉屋に私がいるとわかったんだろう。

「ハヤシさんのブログに、この焼肉屋さんがよく出ていたんで、来てみたんです。でもまさか会えるとは思ってもみませんでした」

私ぐらいでこんなに熱心な人がいてくれるのだから、芸能人なんかの「いきつけの店」はさぞかし大変であろう。

しかしいきつけの店どころか週末はほとんどどこにも出かけない。〝ネタ〟に本当に困る。飼い犬を写メし、庭の梅を撮り、届いた宅配便の中身を撮り、晩のおかずを撮る。ブログのために、こんなにいろんなことをしている。もともとサービス精神旺盛の私は頑張る。頑張るとアクセス数は増える。しかしここから本が売れるわけでもない。何か間違ったことをしているような気がしないでもない今日この頃である。

………

ブランド好きですが、何か？

先週の「週刊文春」で、「雅子さまの『金銭感覚』」というのをやっていたが、この記事はちょっとお気の毒だと思う。

私のような下々のものでさえ、海外ブランドのバッグは何個か持っている。何年かに一度、ディオールやフェンディのバッグをお買いになったからって、それが何だというのだろうか。あのバッグは十万円ぐらい。世の中には、百万円近いエルメスのバッグをコレクションしている三十代の主婦だっているのだ。「25ans《ヴァンサンカン》」とか「家庭画報」といった高級女性誌を見るといい。全身ブランド品で固めた女性がいっぱいグラビアを飾っている。ましてや雅子さまは、わが国を代表する女性だ。お金をお遣いになって、おしゃれをして何か悪いことがあろうか。

外にお出ましになる時に、これだけ経費がかかるとか記事はねちねちと続くが、〝象徴〟にお金がかかるのはあたり前の話で、それは国民が了承しているんだからいいのではなかろうか。

私は雅子さまの「ご公務」のあり方に関しては、少しばかり意見があるけれども、ここまで私生活をあれこれ言われるのには本当に同情申し上げる。いくら税金だからといって、自分の家計簿の一部を外にさらされるのはどんなに嫌だろう。

ところで先々週このページで書いた「3・11震災孤児遺児文化・スポーツ支援機構」のチャリティコンサートが、三月十一日に行なわれた。会場のサントリーホールでうろうろしていたら、何人かに声をかけられた。

「ハヤシさん、週刊文春を見て来たの！」

と言われて本当に嬉しかった。ありがとうございました。チャリティバザーの福引きに、私も何点か景品（ブランド品）を出したのだが、ラッフル札をたくさん買っていただき、本当にありがとうございました。

当日私は自分のものや、友人から提供してもらったものをハタケヤマと手分けして、タクシーで運んだ。すると責任者の人が小さいパネルを渡して言う。

「もう印刷が間に合わないので、今日持ってきたものは、自分でサインペンで書いてね」

提供者の名前と元の値段、品物の特徴を書くのである。

「イラストも描いていい？」

「もちろん」

張り切ってパネルを二十枚近く作製した。二流といえども元コピーライターなので、あれこれ売り文句を考える。

例えば私の新品のワンピースには、

「どうしてもファスナーが上がりません。ダイエットが間に合いそうもないので、涙を飲んで提供します」

そして友人が高級ブランドの子ども服をごっそり出してくれたので、そのパネルには、

「買った人はわかる！　イタリア製の超高級子ども服。『どうしてお子ちゃまの服にこんな値段が?!』とのけぞるようなお値段がついてます。Tシャツは一万五千円から、スカートも二万円から三万円します。あまりの高さに、みんな自分の子どもには着せず、プレゼント用に求めるのです。この際ぜひ！」

またある会社は最新の地震感知器を八台寄付してくれた。そのパネル。

「これをいただいた時、『一台ぐらいズルしてもらっても……』と、ハヤシがよからぬことを考えたスグレものです」

後で聞いた話であるが、私のイラストがついたこのパネルを、

「どうしても売ってほしい」

という人がいたそうだ。私に言ってくだされば喜んでお譲りしたのに残念である。そしてパネルの甲斐あってか、ブランド品には、人気の証であるラッフルの札がいっぱいついた。

確かにブランド品はまだ好かれている。が、好かれるであって、愛されるところまでいっていない。バブルを知っている私は、あの熱狂ぶりを昨日のことのように思い出す。当時は香港のルイ・ヴィトンに日本人が行列をつくり、入場制限をしたものであるが、今並んでるのは中国人ばかりだ。

あの頃いろんな人に頼まれた。どうしてもエルメスのバーキンを手に入れたいというのである。

こういう時、私はどうするかというと、時差を見はからってパリのミチコさんに電話をかける。

「ブルーの三十センチ、オーダー出来るかな」

「任せて。何とかするわ」

ミチコさんは有名レストランのマダムである。私以上にお節介で、人のために何かをするのが生き甲斐のような人であった。エルメスの人がお店に食事をしにくると、オーダーを頼んでくれるのだ。マロンケーキを焼いてパリ本店の店員さんに持っていったりもする。日本の友人のために、バーキンを手に入れようと一生懸命だったのだ。

あれから月日はたち、私のまわりで、そんなことをしてまで、バーキンを手に入れようとする女など誰もいない。欲しいことは欲しいのであろうが、あまりにも高価なのと、手に入れづらくなったのでみんな諦めている。他にも素敵なバッグはあるんだしと思う。そしてパリのミチコさんも亡くなってしまった。

「年端もいかぬ若い女の子が、ブランド品を持ってけしからん」

と昔はよく、ワルクチを言われたものであるが、今の若い女の子は、ユニクロ着てコンビニのお弁当を食べている。背伸びはしないし、分不相応なものは欲しがらない。ちょうどその頃から、日本は元気が無くなっていった。猫もシャクシもブランド品を欲しがり、そして手に入れることが出来た八〇年代を私はこの頃懐かしく思い出すことがある。私はこれからもずっと買い続けますけどもね。

海外に出かけて、ブランド品のお店に入り、新製品をあれこれ選ぶのは、何とも楽しいものである。雅子さまも遠慮なさらずお好きなものをお買上げください。昔のようにファッションが、女性週刊誌のグラビアに載ることを祈っています。

………古式ゆかしく

ただいま春の駿河湾付近をクルージング中の私。日本一の豪華船「飛鳥Ⅱ」による三泊四日の旅だ。

どうしてこのような優雅なことになったかというと、知り合いの日本郵船の方から、「源氏物語をテーマにした、宇治を訪ねるクルーズなんで、中で二回ほど講演してくれたら」

ということで、お引受けしたのである。

しかし過去にも船旅は経験しているが、あまりの心地よさに頭がふにゃふにゃになってくる。なにしろ三度三度おいしいご飯は用意されるし、シアターやクラブでエンターテインメントは盛りだくさん、何よりも毎日変わっていく海をぼーっと眺めているだけで楽しい。海というのは癒しになるが、勤労意欲をはなはだしくそぐもののようで、持ってきた仕事関係の本は、ページを開く気にもなれなかった。

「ハヤシさん、船の中にはちゃんとファックスあるんですから、原稿送ってくださいよ」

と秘書のハタケヤマにきつく言われていたが、一枚五百円もする（ホント）のを言いわけに、東京に帰ってから書くことにする。そんなわけでこの原稿も、帰港地横浜に着く直前に、やっと手が動き出したわけだ。

テレビをつける。電波の関係で地上波が見られない。あらかじめ録画してあるＮＨＫの国際放送が流れる。新ローマ法王が決定したニュースを見ていて、

「本当にあるんだ……」

とつぶやく私。

「根比べ」ではなく、「コンクラーベ」という選出のやり方である。赤い法衣の枢機卿たちを一室に閉じ込める。そして煙突から出る煙の色で、新法王が決まったかどうかがわかるのだ。広場に集まった大群衆は、固唾を呑んで煙の色を見つめる。

これって少し前のハリウッド映画「天使と悪魔」につぶさに描写されている。

あのシーンを映画館で見た時、

「こんな大げさな……。今どきこんなことを本当にやっているわけない」

と思っていたのであるが、バチカンで行なわれていたことは、映画そのままの中世の

やり方ではないか……。感動した。

古式にのっとって、というのに私は非常に心を揺るがされるのであるが、それには条件がある。法王選出のように、

「まさかここまで徹底的とは」

と圧倒される場合。

そして、いかにもという場所でなく、ごく近代的な場面で、こうした、

「古式にのっとって」

というのに遭遇する時だ。

もう十年以上も前になるが、初めて直木賞選考会の末席に座った時だ。築地の古い料亭「新喜楽」。そこの大広間に選考委員はコの字型に並び正座している。そのおごそかな雰囲気といったらない。

上座には、文学史にさん然と輝くような大家の方々。やや薄暗い空気の中、正月だったので、一杯ずつ盃に日本酒が配られ乾杯する。着物姿の仲居さんたちが無言で、儀式のように注いでくれる。

私は緊張のあまり卒倒しそうになった。そして乞われて意見を言う時、最初のことばがうまく発音出来ず、声が裏返ってしまったのを昨日のように憶えている。

ところで船というのも、本当に「古式にのっとった」ことが多い。

船内を案内していただいたが、操舵室の広くきちんとしていることは驚くばかり。神棚が祭られていた。乗組員の方々の制服は、すぐに身分がわかるようになっている。袖口の縁で、その階級がすぐにわかるそうだ。はっきり言って「海の男」たちは、かなりの身分社会かも。

船長にはすべての指揮権があって、とにかくいちばんえらい。その下に副船長、機関長という方々、そして、この船で働く人たちは四百五十人いるというのだから驚くではないか。八百人の乗客に対して四百五十人である。よってクルージングの料金というのはかなり高く、世界一周ともなると、いい部屋は一人千三百万とか二千四百万円の世界だ。

「飛鳥Ⅱ」では、一部のレストランを除いて、すべての施設を乗客が公平に普通に使えるが、外国の客船だと部屋のクラスによって露骨な区別があるらしい。

「クラスによって、歩けるデッキが違っていたりするんです。タイタニック号の世界がまだあるんですよ」

と、日本郵船のA氏は言う。このA氏は、私が三年前にシカゴを旅行した時に知り合った。背が高くてものすごいハンサム。端正な紳士で、ロンドン勤務が長いためクイーンズイングリッシュを喋る。

一緒に行った当時ＪＡＬ勤務のサナエちゃんなど、

「日本人にもこんな完璧な男性がいるのね」

としきりに感心していた。先頃、A氏は日本勤務となり、このクルージングにも同行してくれているのだ。

夜はダイニングルームで、人目をひくこのカッコいいA氏と、フランス料理などいただいた日々である。ワインに酔った私は、

「船会社の方から見て、あの『タイタニック』っていう映画どうでした？　やな気分にならない」

と意地悪な質問をしてみた。

「そうですね。僕のような者から見ると、乗客をすべて優先して、船と運命を共にする乗務員の姿にぐっときます」

とにかく海と外国に憧れて、船舶会社にお入りになったのだ。

「知ってますか。飛鳥Ⅱが出航する時だけ、兄貴分の氷川丸が汽笛を鳴らします。二打、ツー、ツー一打（このあたり専門的でわからず）の汽笛です。あれを聞くたびに、いつも身震いするほど感動して、涙が出てきそうになるんですよ」

私はこの「古式ゆかしい」船乗りのA氏に心を奪われそうになった。海の男ってなんて素敵なんでしょうか。しかし横浜港には、「近代的に」奥さまと春休み中のお子さまが迎えに来てました。残念です。

………閉場式と開場式

ついに新歌舞伎座がオープンした。

この日が来るのがどれほど待ち遠しかったことであろうか。

私は三年前の閉場式のことを思い出す。この日の切符は手に入れるのがとても困難だとされていたのであるが、友人が昼の部に誘ってくれた。それだけで十分満足だったのであるが、彼はさらに連絡してきた。

「夜の部も切符が取れたんだ。しかも前から二番目の席、同じものを二度見ることになるけど行く？」

「行く、行く」

断わるわけがない。歴史的な場面に立ち合うと予感していたのである。

はたして閉場式は素晴らしかった。手締式で二百人ほどの役者さんたちが、紋付袴で

威儀を正し、舞台に並んださまは壮観そのもの。その際、日本俳優協会会長でいらした芝翫さんが冗談交じりに、

「三年後の開場にはいない者もいるかもしれませんが……」

とおっしゃったが、本当にそのとおりになってしまった。言ったご本人の芝翫さんが亡くなり、富十郎さん、雀右衛門さんと人間国宝の方々が逝かれた。そしてまだ信じられないのであるが、勘三郎さん、團十郎さんも新しい歌舞伎座の舞台に立つことがかなわなかった……。

そんなことを想像だにしなかった、あの時の閉場式は本当に楽しかったなア。「京鹿子娘道成寺」では、玉三郎さん、時蔵さん、福助さん、芝雀さん、魁春さんという人気実力を兼ね備えた女形五人が、同じ衣裳で踊られたのだ。

皆さん最後に手拭いを投げてくれたのであるが、前から二番目の席のおかげで、見事玉三郎さんの投げた手拭いをキャッチすることが出来た。家に帰って拡げてみると、「さよなら歌舞伎座」という文字と建物の絵が染め抜かれていた。私の宝物である。

そして「道成寺」の後に手締式があり、幕がおりたのであるが、みんななごりをおしんでなかなか帰らなかった。ロビイはお客さんと梨園の奥さんたちがごっちゃになり、あれこれ喋り合い、写真を撮り合った。そして玄関前にもたくさんの人たちが集まり、もうじき壊される歌舞伎座をカメラにおさめていた。祭りのように皆が興奮していたあ

の夜のことを、私ははっきりと憶えている。あの時誰が、やがてやってくる大震災のことや、まだ若い人気役者の死を想像したことであろうか。

そして昨日は三月二十七日、開場式の日であった。セレモニーなので、チケットを買うということではなく招待状をいただいた。

「ハヤシさん、着物で行くの」

と何人かに聞かれ、まさか、と答える私。晴れがましい日に、着物で歌舞伎座へ行く勇気など私にはない。梨園の奥さんたちに、花柳界の女将やお姐さんたちと、「着物甲子園」があるとしたらシード校のような方々がいらっしゃるのだ。見物を決め込んだ方がいい。

が、冷たい雨が降ったせいか、着物姿の方は思ったよりも少なかった。

そしてあの俳優さんたち勢揃いも、閉場式と比べるとかなり淋しくなったような……。後で調べたら九十九人が並んだということだ。しかし前列二列めには、獅童、海老蔵、勘九郎、七之助、染五郎と、まさに若手花形役者さんたちがずらりと並んで頼もしい。芝翫さんに替わって、今度は新会長となられた藤十郎さんが挨拶された。

そして今日二十八日は、古式顔寄せ手打式が行なわれた。本来なら身内だけの手締式をお見せしましょう、ということだ。こちらももちろん喜んで出かけた。

今日はよく晴れていたこともあり、一階席の女性のほとんどが着物姿だったのではないだろうか。着物好きの私にとっては、本当に嬉しい光景であった。

どなたも趣味のいい季節と場にかなった、素敵な着物をお召しだったのである。こういう方々がコアで支えている限り、歌舞伎は大丈夫という気持ちになった。

さて新しい歌舞伎座であるが、外見はあまり変わっていない印象を持ったのであるが、椅子に座りあたりを見渡しているうちに不思議な感覚をおぼえた。新鮮な既視感とでもいうのだろうか。この空間は私のよく知っている歌舞伎座なのであるが、あきらかに違う。あの空気が、洗練され、清浄になり、鍛え上げられて戻ってきた感じなのである。それは椅子の間が広くなった、舞台が見やすくなったということだけではなく、巨大な何かが、魂を得てむっくりと起き上がったような気がしていたのである。

どうかこの新しい劇場で歌舞伎がますます栄えるようにと、祈らずにはいられない。

私が歌舞伎を見始めた三十年前は、私も若く、二十代、三十代はじめのお客が結構いた。カタカナ職業の人たちの間で、歌舞伎を見るのがちょっとしたブームであった。が、今、そういう人たちがそのまま中年初老となって劇場に来ているのではなかろうか。若い人をあまり見なくなった。

若いお客を獲得するためにも、私はかねてから、歌舞伎の時間をもっと短くすべきだと言っていた。朝十一時から始まると終わるのは四時だ。半日がつぶれてしまう。が、新しい歌舞伎座ではしばらく三部制でいくらしい。そうなるとちょっと淋しい気がしてくるから勝手なものだ。

お昼にお弁当食べて、お土産物を買い、午後からはちょっと居眠りをする、うとうとしながら舞台を見る。あれは気持ちよかった。全く緊張しないどころか、身と心の疲れを癒《いや》してくれるのが歌舞伎のいいところだ。劇場を出ると冬などはもう陽が翳っている。

「仕方ない……。何か食べて帰ろう」

結局だらだらと一日過ごしてしまう。あんな歌舞伎見物はもう出来ないとしたら淋しい。それにしても三部制になったのに、チケット代上がりましたね。

………美形の家系

俳優の伊勢谷友介さんが、サディストだとかなんとか記事に出ていたが、ハンサムであることには変わりない。

長身の冷たいほどの美貌で、おまけに芸大卒というところが、なんとも素敵。私はこの経歴を、ちゃっかり小説の中で使わせてもらったことがある。主人公の恋人となる男が、人が振り返るほどのハンサムで、

「芸大大学院在学中のモデル」

ということにしたのである。

ハンサムではなくイケメンというとかなり許容範囲が広くなり価値が下がるような気がする。

先日私の大好きな「新婚さんいらっしゃい！」を見ていたら、若いカップルが出てき

た。夫の方はカラーコンタクト代に、お小遣いのほとんどを使ってしまうという。

「カッコいい、と言われることにすべてを賭けてるから」

と誇らし気に言う彼は、いかにもオツムが悪そうな若いアンちゃんであるが、見た目は確かにマアマアかも。こういうのも今日では〝イケメン〟と呼ぶのであろうが、私の使うハンサムというのは、はるかにハードルが高い。端整という要素も必要だ。伊勢谷さんは、まさしくハンサムな男性である。

何年か前、この方が山本寛斎さんの、年の離れた弟さんと聞いて驚き、そして納得した。寛斎さんも、お召しになるもののインパクトについ目を奪われがちだが、映画スターにしたいぐらいのハンサムであるからだ。背もとても高い。そしてお嬢さんは女優さんの山本未來さんである。間違いなく美形の家系であろう。

が、世の中にこの美形の家系というのは、ありそうであまりない。

私の〝名言〟のひとつに、

「美人女優の母を越えるほどの娘なし」

というのがある。最近バラエティ番組に、よく芸能人の母娘が出てくるから、よーく見てほしい。いくら年をとっても、かつて人気女優さんだったお母さんの方が、ずっと綺麗なはずだ。そしてタレントになっている娘の方は、お母さんの〝エンポリオ〟感がぬぐえないのである。どうしてだろうか。美女のＤＮＡがうまく伝わっていない。父親のＤＮＡが混じるせいであろうか。

お金持ちはよく綺麗な人を奥さんにもらう。それでは代々続く名家とかお金持ちとかは、すべて美形の家系かと言うと、それがそうとは言えないのが不思議なところ。そして我々のような庶民には嬉しいところである。

何年か前、京都でさる老舗の社長さんとご飯を食べることになった。十七代めとか十八代めだそうだ。その方が真面目にこんなことをおっしゃった。

「美人の女房を貰うのはわが家の家訓です」

「それはどうしてですか」

「美人をもらったら、夜遊びをしない。ムダ金を遣わないからですワ」

が、私はちょっと違うのではないかと心の中で思った。

ひとつは、浮気をしていたり愛人がいる人の奥さんというのは、たいていが美人でしかも賢夫人だということを知っているから。そして申しわけないが、その方自身が、そんなにイケてなかったからである。

酔った勢いで私は失礼なことを尋ねた。

「あの、○○さんの奥さんは、そんなにキレイなんですか」

「もちろんです」

ケイタイの待ち受けを見せてくれたら、本当に美人であった。

「それで○○さんのお母さんも、おキレイだったんですか……」

あちらは私の質問の意味がわかり、ややむッとされて、

「そら、そうどすワ、そやけど僕の親父がちょっとアレでしたから」

だが、代々奥さんが美人なら、五代めぐらいで美形の家系になってもよかったのではないだろうか。

ところでよく言われることであるが、イギリスのような階級社会だと、おハイソな人はひと目でわかるそうである。まず身長が高く筋肉もしっかりとついている。子どもの時からスポーツをやらせるからだ。

私の知り合いの日本女性で、イギリスの貴族に嫁いだ人がいる。どうしてテレビのドキュメンタリーとか、女性誌が取材しようと思わないのか不思議でたまらない。本物の貴族の奥さんだ。私はロンドンのご自宅へ遊びに行ったから、よーく知っている。お姑さんはエリザベス女王の親友で、住んでいるお城は絵ハガキになっている。金融関係のご主人の前で、私の本にサインを頼まれたので、ヘタな英語でミスター＆ミセスと書いたところ、イヤな顔をされた。「ロード＆レディ」と書かなければいけないそうである。お子さんは四人いるが、男の子は小学校から寄宿舎に入れていた。週末には帰ってくるそうであるが、六、七歳の男の子にはちょっと可哀想ではないかしらと言ったところ、

「それが貴族のやり方だから」

とのこと。その年からばしばし鍛えて体格も大きくする。スポーツにも慣れさせて貴族の規格に合うようにするということらしい。

それでは日本のおハイソな方々はどうであろうか。何かの折に垣間見させていただく機会がある。その結果、わが国の場合、イギリスほどくっきりと特徴が出ていないような気がする。みんながみんな背が高い、というわけでもない。そして美形の家系というのもあまり見ないような。京都の名家の方のように、奥さま方はみなさんお綺麗であるが、次の世代となるとややビミョウになることもある。が、そのビミョウな感じがまことに品がいいのだ。そしてそういう方々がお金をかけ、しかるべきものをお召しになるとやっぱり綺麗。それこそおハイソの威力だと私は思っていた。

しかしこのあいだは驚いた。さる名家のお嬢さまに久しぶりに会ったら、別人のように顔を直されていた。何か違うような気がする私である。

……

頭のいい女

イギリスのサッチャー元首相が亡くなって、大きな話題になっている。晩年は認知症をわずらっていたことも、人々の注目を浴びる要因となった。

「あんなに頭のいい女性も、ボケる時はボケるんだ……」

という感慨であろうか。

そういえばと、テレビを見ていて私は思い出した。

「私、サッチャーさんと会ったことがあるんだっけ」

二人で握手している写真もある。

もう二十年以上前になるだろうか。首相を辞めたばかりのサッチャーさんが、日本に講演旅行にやってきた。これは聞いた話であるが、講演・シンポジウムは一回につき二千万円のギャラだったという。日本はバブルの終わり頃であったが、難なく払ったらしい。

そんな時、知り合いから電話があった。たまたまサッチャーさんのスケジュールが空いたらしい。そして八百万円というダンピング料金でシンポジウムへの参加をOKしたというので、私の知り合いが主催者となった。そして急きょ私たちが集められたのである。

シンポジウムといっても、喋ったのはほとんどサッチャーさんで、私なんかは最後にひと言しか発言の機会がなかった。ギャラなんかほんのお車代。楽屋に美しくセッティングされたテーブルがあり、オードブルやシャンパンが並べられていて、

「わー、ご馳走」

と席に着こうとしたら、それはサッチャーさんのおとりまきの方々のランチと説明された。作家のジェフリー・アーチャーなんかがイギリスからついてきたらしい。私たちにはお弁当が配られた。

が、それもいい思い出である。あのサッチャーさんと同じ席について、握手もしていただいたのだ。

考えればあの時代だから出来たことである。今なら私なんかハナもひっかけてもらえないに違いない。当時は今ほど女の人のレベルが高くなかったと断言出来る。だからちょっと目立つ女は、いろんなところからお声がけをいただいたのだ。

最近なんかだと、東大卒、ハーバード大卒でＭＢＡ取得なんて女の人がゴロゴロいる。しかも彼女たちは結婚していて、子どもが二人、などというプロフィールだから、びっくりするではないか。

先日、東大経済学部卒、投資会社のディレクターという女性と食事する機会があった。すると彼女、白いコートにパープルのパンツ、黒のニットトップに白と紫のエルメスのスカーフといういでたち。スタイルがいいからものすごく似合う。

「あなたって頭がいいだけじゃなくて、服のセンスもすごくいいのねッ」

と思わず叫んでしまった。こんな三十代の女性、二十年前はほとんどいなかったと記憶している。とにかく女性のレベルがものすごく上がっているのだ。

などということを言うと、

「でも日本じゃ女の首相がまだ出ていないじゃないの。一部上場企業の女性の社長だってほとんどいない」

という声があがる。が、私はこれは日本の女性の特徴ではないかと思うようになってきた。この国ではデキる、という女性でも本当に戦うことをしない。かわいい、と呼ばれる要素は残しておこうとしている。

しかしもう少したったら、嫌われることを厭《いと》わずとことんやってくれる女性が出てくるはずだ。もうちょっと、という気がしてくる。

ところで政財界にいる女性とは別に、世間では、ワイドショーのコメンテーターをする女性というのは、頭がいいとされている。そう、私はテレビの製作の人というのは、よく調べているなアと感心してしまうことが多くある。

ちょっと話題の新書を出した女性など、すぐにひっぱってくるからだ。エッセイストやフリーライターで、署名記事を書いた人も見逃さない。

そうして彼女たちはテレビのワイドショーに何回か出て、ふるいにかけられる。すぐに消えていく人もいるし、生き残っていく人もいる。美人である必要はないけれど、見て感じがよく反応が早い女性。短い時間で的確な言葉をまとめられる、というのはかなりの知力が必要であろう。

最近売れっ子は、わが友、新潮社の中瀬ゆかりさんである。TOKYO　MXで岩井志麻子さんと、かなりきわどい話をして大人気となった。そして民放のキー局でも大人気だ。

しかも彼女の頭のいいところは、局と時間帯によってキャラクターを使いわけるところ。ある種治外法権のTOKYO　MXではなく、フジテレビのワイドショーに出ている時は、かなり真面目だ。このあいだも橋下徹さんの発言をめぐって、とても冷静な発言をし、「さすが」と感心した。「草食男子」という言葉を発明した深澤真紀さんも、いつも発言が鋭い。やはりこういう人は今期も降ろされることなく続投している。

ところで別の局で菊池桃子さんが「大学教授」として、コメンテーターになっているのにはびっくりした。しかし正直言うと、テレビで「コメンテーター」という役を演じているような気がして仕方ない。

が、こういう女性たちに強敵が現れた。いわずとしれたおネエグループだ。このあいだ新聞を見ていたら、ミッツ・マングローブさんが、今度ＮＨＫの番組のレギュラーになるそうである。知的でユニークといったら、こういう方にかなう女性は少ないであろう。

マツコ・デラックスさんも、ＮＨＫにレギュラーで出る日が近いとみた。女の感性に男の度胸を持ったこういう人は本当に強いはず。頭のいいといわれる女の十人分ぐらいは、ラクラクこなしてみせるに違いない。

………国際人

八ヶ月ぶりの香港は、相変わらず本土からの観光客であふれかえっていた。

「今は中国本土のお金が、香港より強いからねえ。みんな買いっぷりすごいよ。北京や上海にも高級ブランドの店はいっぱいあるけど、本土の人って、自分の国で売ってるブランド品なんかまるで信じてないから」

とサナエちゃん。彼女は香港に住む私の幼なじみだ。長年ＪＡＬに勤めていたのだが、二年前に転職し、今や香港の大戸屋すべてをまかされているトップだ。

「だけど香港人って、本土の人たち大嫌いなの。お金をばらまいていくけど、声が大きくて下品な連中だってね」

彼女はさらにこんなことを。

「でもこの頃、香港の若い人、あんまり英語がうまくない。年寄りはネイティブのように喋るけど。返還以降、マンダリン（標準語）を教えようっていう気運があったからね」

とはいうものの、このまま英語がヘタになっていいのかという危惧が高まり、たいていのうちで子どもを欧米に出す。

「昔からそうだけど、ごくふつうのうちでもアメリカ、カナダに留学させるね。お金持ちはイギリスね」

とにかく国際人をめざすことにかけては、筋金入りの人たちが香港人なのだ。

今回、二泊でここにやってきたのは、生まれて初めて香港の結婚披露宴に出席するためだ。日本、香港に多くの店舗を持つ、聘珍樓のオーナー夫人は、私と仲のいい友人である。小学館の編集者として「美味しんぼ」の担当をしていた彼女は、二十六歳の時、オーナーに見初められて結婚した。「すっごい玉の輿」と世間は単純に思っていたのであるが、ご主人は十六歳年上のバツ2。最初の奥さんとの間のお子さんが四人、二番めの奥さんの連れ子さんもいたらしい。が、聡明でやさしい彼女は、自分の子どもが出来た後も、皆とわけへだてなくつき合ってきた。そして私たちが香港に行くたび、

「うちの息子に案内させるから」

と前の奥さんの息子さんに、何のこだわりもなく連絡をとってくれた。この次男のマモルさんは、日本のアメリカンスクールから、アメリカの大学に進んだ好青年。ハンサ

ムなうえに気配りも素晴らしい。なんとか知り合いの若い女の子を紹介したいと思っていたのだが、マンダリンを学ぶ学校で、香港人のお嬢さんと知り合い、今回結婚のはこびとなったのである。私は一度マモルさんと会ったことのあるサナエちゃんも招待してもらった。なぜなら香港の披露宴というのは、いいかげんなところがあり、招待状は出すが出欠はとらない。何人来るのかその日になるまでわからないというのだ。友人を突然連れてくるのもＯＫ。人が増えたらどうするかというと、

「席を増やすし、それでも間に合わなかったらテーブルを大きくする」

と、いかにも大らかなお国柄だ。しかもびっくりしたのは、みんな好きな格好で来ていること。ジーパンやジャージーの人もいるかと思うと、イブニング姿の人もいる。

そうはいうものの、何といっても聘珍樓の御曹司の披露宴である。四百人近い客を招き、香港本店で行なわれた。まず各テーブルに一匹ずつ供せられるのは、仔豚ちゃんを焼いたもの。中身を抜かれてぺったんこだ。サナエちゃんに言わせると、仔豚の目がピカピカ光る演出もあるとか。

お酒は赤ワインだけが出た。シャンパンとか紹興酒はなし。サナエちゃんいわく、もともと香港には、お酒を飲みながら食事をするカルチャーがない。今は赤ワインを飲むのが大流行だが、これもおいしいからというよりも、体にいいと流布されているからだという。

「紹興酒もシャンパンも、言えばいくらでも出してくれるはずよ」

と言うが、確かに頼んでいる人は少ない。冬瓜の干し貝柱詰め蒸し、蟹肉と蟹味噌入りフカヒレスープ、鮑と魚の浮き袋のオイスターソース煮込みなど、名門聘珍樓がその名前をかけたご馳走を次々と出してくる。その次は見事なハタの姿蒸しであった。店員さんが他の皿のように、ひとりずつ取り分けてくれる。最後にハタの頭が残り、皿にのせられ、ターンテーブルの真中に置かれた。魚の頭をせせるのは私も大好きであるが、その権利を与えられるのは、テーブルの中の主客とされている。十二人いるそのテーブルは、主賓クラスの席で、私たちの他には香港の弁護士夫妻が二組、現地の企業のオーナーと紹介された二人の男性エトセトラ。みな私よりも年上で、当然私は遠慮した。が、

「遠方からいらしたお方、どうぞ」

みたいなことを言ってくれるんじゃないかなァと期待もあった。するとどうだろう、老弁護士が、すばやくテーブルをまわし、隣りの妻の皿に、そのハタの頭を移したのだ。そして甲斐甲斐しくソースをかけてやる。

「こっちはイギリスの影響で、レディファーストの土地よ。女の人をものすごく大事にしてくれる。こういうところが、香港人が本土の人とまるで相容れないところかしら」

ところで、その日のオーナー夫人、ジュンコさんは、グレイのドレスに身をつつんで本当に美しい。幸福そうに輝いていた。この披露宴のために、世界中から子どもたちが

集まってくれたのだ。東京、ボストン、ソウル、トロント、ニューヨーク、そしてロンドン留学中の彼女の末娘も、見事な振袖姿で出席だ。彼女は一人一人紹介してくれるのだが、数が多くて憶え切れない。最初の奥さんの子ども、二番めの奥さんの連れ子が、みんな口を揃えて言った。

「私たちジュンコママが大好きなんですよ。だから今日来ました」

この国際大ファミリーを束ねているのは、わが友ジュンコさんだったのだ。

「ジュンコさん、本当に素晴らしいよ。コングラッチュレイション！」

最後に私は彼女と国際的にハグしたのである。

テレビの情熱

………数字の謎

知らないうちに奥さんと二度めの離婚をし、若い女性と再婚したことに腹を立て、

「もう今後、つき合いたくない」

と宣言していた私。親戚の話ではない。そうあのビッグダディのことである。それなのに、スペシャル番組に四時間もつき合っていた。

こういうのは私だけではないらしい。後日、テレビの視聴率を見たら、なんと四位となっている。

私は、家族が奄美大島に移住した時から見ているので、もう七年のつき合いになる。見ていない人がいるかもしれないので簡単に説明すると、奥さんと別れたビッグダディは、八人の子どもを引き取り、整体院を開業して孤軍奮闘しながら頑張っていた。生活はもちろん苦しい。お米が食べられないから、小麦粉を練ってすいとんにしたりして

いる。が、子どもたちはみんな明るく、父を慕い一家は団結している。ある日奄美に移住した一家のもとに、突然別れた奥さんがやってくる。別の男性との間に（たぶん結婚していない）、なんと三ツ子をつくって。そして復縁する、しないでモメているうちに、もう一人子どもが出来るのだ。

子どもは8＋3＋1で12！　このあとビッグダディはこの奥さんと別れ、若い美奈子と再婚、小豆島に移る。この美奈子は、二十八歳で五人の子持ちのバツ2だ。なんだか今の日本には珍しいほどの多産系女性が、ビッグダディのところにはやってきて、この美奈子との間にも、早々と一人赤ちゃんが出来る。それなのにその美奈子と四月に離婚してしまった……。

が、子どもたちはけなげで、誰ひとりぐれない。私が過去に見た大家族ものでは、女の子は少女になるとたいていヤンキーへの道をたどり、十五で出産という事態になる。こうなると、

「たくましく生きる〇〇家族」

とナレーションがうたっても白々しく、いつしかこの大家族は消えてしまった。

が、このビッグダディの家族は違う。お父さんに独得の信念とユーモアがあるため、子どもたちはちゃんとついていく。それが家族関係に悩む現代の人たちには、大きな魅力なのかもしれない。

今回、私は四男の源志に感動した。さんざん父や母にふりまわされても、柔道に励み、盛岡の高校に入学した。顔も整っていい男になってきた。本当に入学祝いに、図書カードかなんか贈りたいぐらいだ。

その源志であるが、高校の入学式で早くも友人が出来た。人を惹きつける力も持っているらしい。

その時に友人が尋ねる。

「きょうだい何人？」

「僕は十四人だよ」

あれっと思った。頭の中でずっと計算する。

元々の八人に、母が連れてきた三ツ子が加わり、それに幼な子プラス1とすると12ではないか。二人足りない。

それでは実母から見た計算ではなく、一緒に暮らしたきょうだいということで、美奈子側から計算してみよう。もともとの八人＋美奈子の連れ子5＋赤ん坊1。これで十四になるが、なにか釈然としない。美奈子の連れ子五人と源志とは血が繋がっていないうえ、今度の離婚で離れ離れになっているからだ。

「十四人」

という数字はいったいどこから出ているのか。夜、ベッドの中でずっと考えた。今度は実父か実母のどちらかの血が繋がっているきょうだいで計算してみよう。

実母と実父との間のオリジナルメンバー八人。これは揺るがない。実母の生んだ他の男性との三ツ子も加える。そして実父と実母がすったもんだしているうちに奄美で生まれた子ども1。そして実父と再婚した美奈子との間の赤ん坊1。8＋3＋1＋1で14！

この方がずっとすっきりする。血がつながっていればきょうだい。源志がとっさに答えた「14」という数字には、これほど深い意味があったのである……。と思ったら13の計算違いでした……。

ところでテレビを見ている人も私と同じ、大きな疑問を持っているに違いない。

「この家族には、出演料が払われているのだろうか」

これだけの視聴率をあげる番組をつくるとなると、数千万円のお金がかかるはずだ。だから何十分の一かの出演料をあげたっていいはず。しかしビッグダディの一家はずっと貧乏で、食べるものも住んでいるところも本当に気の毒なくらいである。

最初私はこんな風に考えていた。

「ビッグダディのことだから、普段の出演料はもらっていない。しかし子どもの大学進学の際に、まとまったものをもらうのではないだろうか」

しかしこのうちで大学に行った人はまだ一人もいない。年長の子どもたちは高校を出るとすぐに就職する。

不思議でずーっと考えていたところ、昨年「FRIDAY」にこんな記事が出ていた。

「美奈子とはよりを戻す気はない。前回の放送の出演料を渡すつもりだ」

三十歳になった美奈子は、元夫の子どもと赤ん坊、総勢六人連れて宮崎に移住する。住むところも仕事も決まらないのに、それほど不安そうではないのは、このお金があったからだろう。本当に心配してたけど、よかった、よかった。

よーく見ると、今年小学校に入学する子は、新しいランドセルも買ってもらっていたし、入学式には美奈子と二人、素敵な服を着ていた。美奈子は子どもたちを預けるところがないので、夜の居酒屋でバイトし、月に十万のパート代だという。

これで六人育てられるか本当に案じていたが、慰謝料があるなら大丈夫であろう。どうか宮崎でつまらない男にひっかからないことを祈っている……。これってまさに親戚のおばさんの心情だな。

……… ダディの気持ち

先週号で私が「ビッグダディ」のことを書いたのは連休前のこと。それからビッグダディは本を出す、二番目の妻、美奈子も暴露本は出す、セミヌードを披露すると大変なことになっている。

私はつくづく思う。

「ずうっと傍にカメラがある、という生活が、この人たちをちょっとフツウじゃなくしてるんじゃないだろうか」

そりゃそうだ。自分のプライバシーの一部始終が、ずっとテレビで流されるというのは、やはりちょっと変わった精神状態をつくり出すに違いない。

そんなことを考えたのは、最近私もあるドキュメンタリー番組のカメラに、ずっと追われるようになったからである。

話はもう三年前のことになる。私は見知らぬ人から一通の手紙を受け取った。その人は映像プロダクションのディレクターと名乗った。そしてある番組にどうしても私を取り上げたいと言うのだ。美しく丁寧な文字で綴られたその手紙は、まことに真情に溢れていて私は心をうたれた。しかし私はそのドキュメンタリー番組に出るのは絶対にイヤだと思った。なぜならその番組に取り上げられた私の知人の多くが、

「四六時中ずうーっとカメラにつきまとわれて、本当にどうにかなりそうだった」

と証言しているからだ。

私はそのきちんとした手紙の主に秘書を通じて断わりの電話を入れた。

ところで私のまわりの編集者たちはよくこう口にする。

「ボクたちと違って、テレビの人はハヤシさんに何の愛情も持ってないから」

どういうことかというと、雑誌の世界では、女性誌はもちろん、ふつうの週刊誌まで私がこうるさく言うもので、それはそれは写真に気を遣ってくれる。ライトをあて、レフ板を使い、少しでもキレイに写るように案配してくれるのだ。印刷技術も著しい進歩があって、シワも多少なら消してくれる。その結果、

「ハヤシさんって、昔よりも今の方がいい」

と言ってくれる人がいる。

はい、私は誤解といおうか、全く勘違いしていた。ものすごく光をあててシワをとば

した写真を、自分の姿だと思い込んでいたのだ。

が、それが間違いだと気づいたのは、ごく最近のことだ。それこそ何十年かぶりに、スタジオでつくり笑いをしているのではなく、ロケ映像の己を見てしまったからである。

「課外授業ようこそ先輩」のロケが決まった時、スタッフの人に尋ねられた。

「ハヤシさん、ヘアメイクはどうしますか。ハヤシさんがどうしてもって言うなら、つけますけど……」

お願いします、という言葉を呑み込んだ。芸能人ではあるまいし、教室に入るのにそれほど綺麗にする必要もないであろう。

「私、別にいいです。髪は山梨の地元の美容院にお願いしますから」

そして「ようこそ先輩」のロケは無事に終った。スタッフはいい人ばかりで、素敵なアイデアをいろいろ出してくれた。おかげで番組の出来上がりはとても素晴らしく、多くの人から絶賛された。評判もよく、すぐに再放送も決まったぐらいだ。

しかし……。照明もレフ板もないところでの私の姿はひどかった。画面に映っているのはフケたおばさんではないか。気にしてた猫背もばっちり証明されていた。いつも正面を向いてニッコリの写真しか見ていない（許さない）私にとっては大ショックであった。あたり前のことではあるが、映像によって本当の自分の姿がわかった。しかししばらくたつうちに、私の心の中に不思議な居直りが生まれたのである。

「このくらいブスに撮られたら、もう怖いものは何もないではないか！」

そんな時に親しい編集者から、あのドキュメンタリー番組の話が持ち込まれたのである。

「ハヤシさん、新刊のプロモーションのために出てよ。お願い」

私はその時、あの手紙のことを思い出したのである。

「どうせ撮ってもらうならあの人がいいな」

しかしだらしない私のこと。いくら探しても手紙が見つからないのである。もしこれを読んでいたら謝ります。あんなにいい手紙を貰っていたのにごめんなさい。

あの後、別のところからも同じ番組の出演依頼が来た。ものすごく有名な制作プロダクションであるが、上から目線のその企画書の感じの悪さといったらなかった。ウィキペディアの私についての文章のコピーと、五行くらいの出演依頼をＦＡＸで送ってきたのだ。

さて、こうして、いろいろあった末にお引受けしたドキュメンタリーは、いよいよ撮影開始である。おとといは大阪での講演の様子を撮りに来た。

驚いたのだが、スタッフはたった三人。ハンディカメラを操るカメラマンと演出の女性、そして男性ディレクターだけだ。これから二ヶ月近く私に同行してくれることになった。

これだけシンプルだと、あまり圧迫感もなくうまくやっていけると思った矢先、大きな問題が起こった。

最近出した本が、いつになく売れて、いくつかの番組が取材にやってきた。そのうち三つの番組が、何日かかけて私の私生活を映させてくれと言うのだ。

「ハヤシさん、どうするつもりですかッ」

ハタケヤマは苛立った声をあげた。

「ハヤシさんの日常、切り分けて、いろんなところに取材してもらうしかないですよ。もうキチキチのムリムリで、プライバシーなんか何もないですよ」

私はダディと美奈子の気持ちが、ちょっぴりわかった気がしてきた。

………今度はきっと……

アベノミクスとやらで、世の中の景気は少しよくなっているのだろうか。

ニュースでは、株価が一万五千円を越したとか言って騒いでいた。それを見ていた夫が、

「イヤだなァ。また株で稼いだ奴らが、大きな顔をする世の中になるのか……」

とつぶやいていた。

この超堅物の男より、私はもっとフレキシブルな性格なので、なんだかそわそわしてしまう。ワイドショーを見ていたら、四十代とおぼしき主婦が、

「株で百万ぐらい儲かって、シャネルのバッグを買いました」

と嬉しそうに語っていた。こんなふつうの人でも株というのは儲かるものなのだろうか、私も一度ぐらいは買ってみようかしら……。

そんな時大金持ちの若い経営者が、

「何年ぶりかに株買ったら、いや、儲かった、儲かった」

と言うではないか。私はさっそく身を乗り出した。

「ねえ、ねえ、私も株って買ってみたいんだけど、いったい何買えばいいの？　教えて」

その時彼は、困惑と軽蔑とが混じった微笑を私に向けた。それは、

「アンタ、何言ってんだよ。こっちは数十億単位の話してんだから」

ということだと後でわかった。

「バブル来い　今度はきっとうまくやる」

ちょっと違っているかもしれないが、どこかの雑誌で見たこの川柳をこの頃よく思い出す。今、日本中の多くの人たちが、この心境なのではなかろうか。が、ふつうの人たちは私のように何をしていいのかわからない。株をやってもいいが、パソコンを開くのも、証券会社に行くのも何だかめんどうくさそうである。個人トレーダーというのか、自宅にパソコンを何台も置いて、株の売買をしている人を、テレビで見ることがあるが、あれってこの世でいちばんつまらない職業だと思う。お金がいくら儲かったとしても、一日中誰とも会わず、パソコンだけを相手にしている仕事など、不気味に見えて仕方ない……。

ところでつい最近のこと、とある高級ブティックに出かけた。ここに入るのは二度めだ。一年半前にここにやってきた時はほとんどお客がいなくて、

「このお店、大丈夫かな」

と心配した記憶がある。ところがその日は、驚くぐらい人がいっぱい。しかも見ていたらイブニングドレスやカクテルドレスを試着している女性がいる。聞くともなく聞いていると、

「ガーデンパーティーがあるから」

と会話もリッチである。

そのうちにベビーカーを押して家族連れがやってきた。それが何といっていいのだろうか、東京ディズニーランドで見かけるふつうの家族連れとは違う。ベビーカーを押すパパの方は、スタイリッシュな髭をはやし、ビンテージもののデニムをはいている。そして石田純一さん風に靴下なしのデッキシューズだ。そしてものすごく細っこい奥さん。その奥さんがあれこれ試着している間、パパは赤ちゃんのめんどうをみているが、当然のようにソファに座る様子からこの店の常連らしい。夫婦ともカジュアルだが、お金のかかっているファッションだ。私はなんだか嬉しくなってきた。

「こんな人たち、昔はよく見た」

バブルの頃はよくいた、お金持ちでおしゃれな若いファミリーだ。それが戻ってきた

のである。

「やっぱり景気がよくなってきたのかしら」

親しい専門家に訊ねたところ、

「まだまだだよ」

という答えが返ってきた。

「円安で材料が高くなってきたんだから、パンだってうどんだってケーキだって値段が上がる。これに消費税アップで、生活はもっと苦しくなるかも。だけどうきうき感は確かに出てきたかもね」

このうきうき感が大切なのだ。人はうきうきしてくると、旅行に出かけお金を落とす。洋服も買うしバッグも買う。外食にも出かける。しかし本を買ってはくれない。

十数年続いた不況は、この国の人たちから本を読む習慣を無くしてしまったような気がする。以前「本は不況に強い」とよく言われていた。お金がなくてレジャーに行くことを諦めた人々は、本屋に向かうということらしい。しかし今は、お金があったとしてもやはり本を買わない。

といつも暗い気持ちになる私であるが、このところちょっとうきうきしている。なぜならば、たて続けに海外旅行が予定されているからだ。

某出版社の編集者と、新しく始まる連載小説の話をしていた時だ。

「主人公たち、どこで出会うことにする？　沖縄にしてみようか。それとも北海道」

「それもいいですけど、いっそのこと海外にしてもいいですね」

私はびっくりした。この出版不況の中、そんな贅沢が許されるとは思ってもみなかったからだ。

「……だったら、ニューヨークとかパリとか？……」

「じゃあ、パリにしましょうか」

あっさり言われてさらにびっくりしてしまった。直接小説に関係しないかもしれないが、とにかくパリに出かけようということになり、その社を代表するイケメン編集者が二人付いてきてくれることになった。しかし、

「こんなお金使っていいの……。大丈夫なの？」

思わず聞いてしまう。

「いやあ、うちも不況で縮こまってないで、パーッとやらなきゃいけないんです」

パーッとやる。なんといい言葉であろうか。そして今夏は、バイロイト音楽祭に行くことにした。ワーグナーさん生誕二百年祭である。「今度はきっとうまくやる」というのは、お金儲けのことだけではないはず。「もっと楽しんでおけばよかった」という悔いだと私はとることにした。

………二人の女

新刊を出すと、販促のため作家はサイン会をすることになっている。

その日私が出かけたのは、名古屋でいちばん大きい書店であった。売場に向かうと、そこにあったのは、

「林下美奈子先生、握手会」

という大きなポスターであった。

「どんな方がいらっしゃるの」

と書店の方に尋ねたところ、

「老若問わず男の方です。すごく多いですよ」

ということであった。

「ビッグダディ」のことは、しばしばこのページに書いてきた。私ぐらいあの一家に関

心を寄せる人間はいないと思っていたのであるが、そんなことはなかった。ビッグダディと美奈子（敬称略）が本を出したところ、それぞれがベストセラーになったのである。が、中身は美奈子本の方がずっと上。私はさっそくこれを買ってしまった。

ところであるレベル以上の人となると、

「美奈子」とか、

「ビッグダディ」

と言ってもまるでわからない。あるインテリの友人は、一度もその名前を聞いたことがないと言う。

しかしある人々にとって「ダディ」はビッグスターである。大家族ものの中でも、文句なく人気ナンバー1であろう。そして後妻の美奈子は、女の私が見ても〝そそる女性〟である。

とても綺麗な顔立ちをしているのであるが、うちが貧乏で子だくさんゆえ、いつも毛玉がついたフリースを着ている。あれを見ていると、憐憫という感情がわいてくる。苛立ってもくる。

「こんなに若く美人で、金持ちに嫁いだら、どれほど素敵な洋服が似合うだろうに」

昔の人が言った。

「かわいそうってことは惚れたってことよ」

おそらく日本中の多くの男性が、この感情を持ったに違いない。だからこんなに本が売れ、美奈子は「FRIDAY」で毎週大特集が組まれる。だが、人は言う。

「美奈子って、ヤンキーだったこと以上のこと何もないじゃん」

正直私もそう思う。別に何をした、というのでもない。高校中退でDV男と結婚、十五歳で妊娠という過去は、まさに典型的なヤンキーだ。背中に入墨だってある。

しかし長いこと「ビッグダディ」を見ていた者は、やはり美奈子のことが好きになる。なんともいえない愛らしさがあるし、前妻の子どもたちを引き受けようというところもけなげである。

だからといって、タレント本といっていい美奈子の本がこれほど売れるとは……。

その時私が思い出したのは、二谷友里恵さんのことである。

今の若い人は、友里恵さんのことをあまり知らないだろう。郷ひろみさんの元の奥さんで、離婚してから「家庭教師のトライ」の社長と再婚した。これについては、

「実に羨しい。離婚しても、崇拝者の中からいちばん金持ちで、気の合う男を選べばいいんだから」

と書いた憶えがある。ただのお嬢さんではなく、非常に頭のいい女性なので、今は夫から受け継いだ「家庭教師のトライ」の代表取締役社長になっている。

この方は一時期ちょっと女優をしていたが、最初から別枠という待遇であった。ご両

親が大スターゆえに、並みの芸能人と同じように扱ってはいけないという不文律がマスコミにはあったと思う。そしてその別枠のまま、大学卒業を待って大スター郷ひろみさんと結婚したのである。

このいきさつを『愛される理由』というエッセイ集に書いて大ベストセラーになった。私もこの本を激賞し、いろんなところに書いた。

時はあたかも一九九〇年、バブルのまっただ中である。この本は売れに売れて百万部を超える売れゆきだった。この年最大のベストセラーであったはずである。

売れた理由については、

「郷ひろみとの恋愛の様子が隠さずに書いてある」

「文章がうまい」

などといろんなことがあげられたが、私は最大の理由は、上の方のお嬢さまの生活が見られたことだと思う。幼稚舎から慶応のお嬢さまのリッチな生活。友里恵さんは当然のように、自家用車で大学へ行く。そして友人との華やかな生活。二十歳そこそこの若者が、ごくふつうにパーティーをし、海外旅行やゴルフに出かけるのだ。

人というのは、自分と違う生活を覗き見るのが大好きである。今から二十三年前、バブルの最中は、自分より上の生活を見たいと思った。そして二〇一三年の今、人は自分よりも下の生活を知りたいと願う。ごくふつうの生活をしていたら、娘が十六歳で出産、ということはまず起こらないだろう。

私も、

「ヤンキーは、何ゆえにヤンキーになったのだろう」

という疑問を常に持っていた。田舎の知り合いの子どもは、みんなヤンキー予備軍といった風情であるが、やはり美奈子は貫禄が違う。外見はふつうに地味であるが、やはりヤンキーの残滓はあって、夫婦喧嘩など凄まじかった。あれも覗き見したくなる大きな要素であったろう。

そうそう、二人に共通する要素をもうひとつ発見した。それは有名人の夫を持っているということである。有名人本人が書いた本ではなく、そこから一歩ひいた妻という立場で書くので、いろいろ共感するところも多いのだ。

そう、ビッグダディは郷ひろみだったのである！

私はこの真理が面白く、いろんな人に話す。

すると、

「それがどうしたの」

と言われることがほとんどだ。そう、私のまわりはほとんど「ビッグダディ」を見ていない……。

………羊のパワー

その出版社を代表する二人の好青年をお伴に、楽しいパリ旅行に出かけた私だ。出発寸前にわかったことがある。好青年のひとりAさんが東大大学院仏文科修了という学歴だったのである。

「だったらフランス語ペラペラじゃん。通訳なんかいらないんじゃない」

「でもボクはバルザックが専門でしたから、十九世紀のフランス語は読めても、今のフランス語を話すのはどうも……」

謙遜だと思っていたが、レストランのオーダーひとつもうまく出来ないではないか。

もうひとりのBさんの方は食通で知られている。二ヶ月前から、現地のコーディネイターさんと密に連絡をとり合い、人気のレストランを予約しておいてくれた。

「ハヤシさん、正味五日間で十三個の星を食べることになりますよ」

予定表を出発直前に見た私は、ひえーっと声をあげる。

「無理だよ、こんなの絶対に無理」

昼間二つ星のレストラン、夜は宿泊先の一つ星シャトーレストランという日程が続く。

「あのさ、私は何度もフランス行ってるからわかるけど、毎日フレンチ食べたら体の具合が悪くなる。私なんか倒れちゃったことあるんだから」

あれは十数年前、女二人でパリに出かけた時だ。高級レストランでメニューを手渡されたが、フランス語のそれが読めない。それでも必死で目で追っていくと、フォアグラと、リー・ド・ボー（子牛の胸腺肉）という文字を見つけた。よってフォアグラを前菜に、リー・ド・ボーをメインにすることに決定。ワインはソムリエが勧めてくれたマルゴーにした。無知によって成り立つ豪華な夕食は、想像出来ぬ展開を見せた。前菜のフォアグラは、今川焼きのような大きさのものが二つ出て来たではないか。リー・ド・ボーもかなりの量。これにミエ張ってチーズとデザートを食べ終えた頃には、食べ過ぎで吐きそうになった。が、大喰いはいつものこと、ひと晩寝たら大丈夫と思ったところ、次の日起きられなくなった。体中から力が抜け、体は吐き気を持ったまま、ただだるい。あとで医者に聞いたところ、あまりにもこってりしたカロリーが高いものを食べたので脂肪酸にやられたのではないかとのことであった。その日は日本に帰る日であったが、ホテルに交渉して飛行機の時間まで部屋で寝ていたほどだ。

その教訓から、パリに旅行してもフルコースは一回、長期の場合でも二回と決めている私。

「このスケジュール、日本人には絶対に無理だよ。途中でギブアップになるよ」

「でもハヤシさん、クラシカルなフレンチばかりじゃなくて、最新のところも混ぜてバラエティをもたせてますから」

と聞けば、本来の喰いしん坊魂がむくむくと頭をもたげる。

「よし、食べてみようじゃないの」

パリに到着した。宿泊先のホテル「マンダリン オリエンタル パリ」には、今話題の二つ星、「シュール ムジュール パール ティエリー・マルクス」がある。近未来をイメージしたインテリアに囲まれていただくお料理は、和のテイストがあり、繊細で量も少し。シェフは日本大好きで、その日も東京から帰ってきたばかりであった。

こんなフレンチなら、いくらでもいけると確信を持つ。

次の日、パリから車で、モン・サン＝ミッシェルに向けて出発。以前から一度行きたかった海の上の小島に建つ修道院である。四時間かけていく。途中お昼はレンヌ郊外の「オーベルジュ・デュ・ポン・ダシニエ」である。ここは羊料理が有名だ。潮風をたっぷり含んだ草で育った羊は、ほどよい塩味があり大層おいしいという。

食事が運ばれる前、目の前に置かれたパンとバターを齧り、あまりのおいしさに驚愕した。牛も同じような〝潮風草〟を食べているから、乳が塩気を含んでいる。それでつくったバターは、なんともいえないやわらかい塩味なのだ。

「近くの水車小屋で小麦をひいている」

というパンもやや塩気がある。ふだんはバターやパンを食べない私であるが、料理の前にたっぷりと食べおかわりも頼んだ。

そしてメインの羊の歯ごたえのよさ、肉汁のおいしさときたら……。牛乳がいいから当然チーズも絶品。赤ワインでどっさり食べる。

そんなわけでモン・サン＝ミッシェルに着くのがすっかり遅くなった。駐車場に車を停める。が、肝心の修道院ははるか遠くに見える。

「昨年まで近くまで行けたのに、今年からこの駐車場なんです」

と日本人のガイドさん。島までシャトルバスが出ているのだが、一キロ近くバスの停留所まで歩く。

「何、この遠さ。どうして駐車場の横からバスを出さないんですか」

「村長が自分の利益最優先にしたんです。バスの停留所は、村長の経営するホテルの前になりました」

その方の話によると、村長のホテルの前をシャトルバスの停留所にしたおかげで、何軒かのお土産屋に客がほとんど来なくなった。怒ったお土産屋が村長を相手に裁判を起こして勝ったそうである。

「だけど、フランスの不思議なところは、シャトルバスの停留所をもっと手前に持ってくることで距離が長くなる、だからシャトルバス料金を含む駐車場料金をもっと高くする、いや、許さないともめにもめているそうですよ」

せっかくの世界遺産、みんなで仲よくすればと思ったが、一時間以上かけて歩きっぱなしの見学の後、シャトルバスから降りまた一キロの道のりは、行きよりもずっとつらく、私を激怒させた。

「こんなに遠くまで歩かせて許せない」

私は叫んだ。

「すぐに署名集めよう。ビラまこうよ」

羊で体力をたっぷりつけた私は、わめき出すのである。

……

そして食べる

「ハヤシさんについていくのは大変です」

パリ三日めにして編集者Bさんが言った。

「僕、もう胃薬飲んでますよ」

「だけどさ、こんなすごいスケジュール組んだのそちらだよ」

モン・サン＝ミッシェルのプチホテルに泊まりさんざん海の幸を食した次の日、朝の九時にパリに向けて出発する。ゆっくりしていられないのは、今評判の三つ星レストランに予約をしているからだ。

「アストランス」といって、日本の有名シェフ二人を輩出していることでも有名である。

そしてこの夜は「胃のお疲れさま会」ということで、うどんビストロへ。この「国虎屋」というお店は、昔からおいしくてパリで大人気であった。そして昨年に、ビストロを出店したところ、ここも連日予約がとれないほどだという。さっそく出かけたところ、客はフランス人と日本人が半々ぐらいであろうか。うどんすきがおいしそうだったので、それを注文した。異国でも決して手を抜くことのないカツオ節のお出汁が、連日のフランス料理で疲れた胃にやさしくしみわたっていくようであった。

ここで顔見知りのソムリエさんとミチコさんの思い出話をした。ミチコさんというのは、パリのレストランのマダムである。ミシュランの星をとるべく渡仏し、シェフのご主人と二人三脚でがんばってきた。ところが七年前、待望の星がとれた時、彼女の癌はどうしようもないところまできていたのである。

最後は日本でということで、故郷の和歌山で息をひき取った。今回パリに来たらミチコさんの姿が、あちこちに浮かぶ。お節介やきで可愛くって、人気者だったミチコさん。一緒に市場を歩くと、あちこちから声がかかる。またミチコさんもせわしく声をかけながら、かなり大胆にハムやテリーヌを試食させてもらったものだ。パリの日本人たちのめんどうをよくみていて本当に慕われていた彼女。

「ボクなんか弟みたいに可愛がってもらってたんで淋しいですよ」

とソムリエは言った。そういえばここのうちのお子さんたちと一緒に、パリ郊外のディズニーランドへ行ったこともあったっけ。

ミチコさんと知り合ったのは二十二年前。サントノーレのブティックの前だった。友人が駐車場から車を出してくるのを、ぼーっと立って待っていた時、中年の日本女性から声をかけられた。

「ハヤシマリコさんでしょ」

そしてそのまま彼女のアパルトマンへ行き、夕食をご馳走になったのだ。

「やっとパリにお店を出すことになったんで、名前一緒に考えてよ」

一食の恩義と思い、あれこれ日本語で言ったものだ。そしてやがて星の名前がつけられた凱旋門近くのレストランで、何回ご飯を食べただろう。夜出発する便に合わせてお土産に私の大好きなマロンケーキを焼いてよく持たせてくれた。

ミチコさんとの出会いから始まり、パリはいつも食べることと結びついている。

それにしても今回のスケジュールはすごい。次の日は朝の九時に出発してブルゴーニュに行くことになった。ボーヌにある無印であるが大評判のビストロに行くためである。ご存知のように、フランスは食事時間が長い。四人でワインを四本飲むと午後の三時半を過ぎている。そしてワイナリーをちょっと見学し、また車を飛ばしてパリへ。今夜はハイライトというべきホテル「ル　ブリストル　パリ」のメインダイニング三つ星「エピキュール」が控えているのである。

しかし八時の予約に間に合わない。必死で車をとばしてもパリに着くのは九時になるという。車の中で私は決してイヤ味に聞こえないよう、注意深く言った。

「あのさ、私、パリに来てから四日間全く街を歩いていないことに気づいたよ。車の中にいるか、レストランの椅子に座っているかのどちらかだよ」

「すみません……、少し詰め込み過ぎましたかね」

とBさん。

「ハヤシさんに喜んでもらえるよう一生懸命がんばったんですけどね」

「いいえ、文句言ってるわけじゃないわよ。そんなこと言ったらバチがあたるから。それにしても料理の取材じゃないのに、このスケジュールはすごいなアってつくづく思うワ……」

そして九時前にパリ到着。大急ぎで着替えてレストランへ向かう。ここで今、パリ最高と言われる巧緻をつくしたお料理をいただく。さすがに前菜とメインディッシュだけにした……。

というようなことをブログで発信していたらものすごい反響があった。たいていが「羨ましい」であったが、次いで多かったのが、知人、ブログを見ている人からの、

「それにしてもハヤシさんの胃袋はすごい」

という驚きであった。確かに胃は一回もたれることもなく、連日の豪華さに疲れを感じたこともない。ワインは毎食かなりの量飲んだ。が、酔ったという感覚もないのだ。いったいこれはどうしたことであろうか。

「やっぱりここの水って私に合うんだわ」

「そういえば僕、体重計のったけど少しも増えてませんでしたよ」

「本当の美食ってそういうもんなのよ」

などという会話があったが、日本に帰ってから私はショックのあまり叫び声をあげる。正味五日で、二・五キロ増えていたのである。

ところで今日、来日したオランダ大統領のレセプションに招かれた。そちらのお国でお世話になったお礼を言おうと思ったが、人の肩ごしに拝見するのがやっとであった……。

ノーといえば

先週号の猪瀬都知事の記事には驚いた。

猪瀬さんとは、同じ文化団体のメンバーであること以外に何の接点もない。この頃はとても腰が低くなられたが、以前はかなりのえばりん坊であった。まあ、とりたてて嫌いでもないけれども好きでもない。

それでもあの記事はひどいと思う。

なぜならば、相手の女性作家がどういう人だか、編集部が知らないわけはないだろう。名刺を交換したばかりに、多大の迷惑をかけられた編集者を何人も知っている。最近はメディアに全く名前が出ることはない。完全に消えちゃった「ヘンな人」である。

またこれはご本人自身が書いていたことであるが、入院の時は拘束されていたそうである。

もう十数年も前のことになるであろうか、やはりこの週刊文春の何かの特集の折りに、彼女は小さなコラムを書いた。当時人気絶頂だった某キャスターのことをあげつらって、

「彼女がキャスターを名乗るとは厚顔な」

とか、わけのわからぬ悪口を書いたのである。キャスターが局アナ時代、「淫乱」と烙印を押されていたとまで書き、同性に対してこれは何かと、私は猛烈に腹が立った。ゆえに、

「三流が一流をおこがましい、ということ自体おこがましい」

と書いた。昔新人賞をとってそれきりの作家が、ゴールデンタイムの報道番組のメインを張る人を「とんでもない思い違い」などと書く神経が私には信じられないし、書かせた編集部もどうかと思う、というようなことを同じ週刊文春に書いたところ、彼女は怒ったらしい。すぐに反論を書こうとしたのであるが、ページをくれるまともな雑誌があるはずはなかった。唯一書かせてくれたのが、当時は存在していたアングラジャーナリズムの代名詞「噂の眞相」である。全く脈絡がわからぬ長い文章を読んだ時、私は確信を持った。

「この人はやっぱりヘンだ……」

そう思ったのは私一人だけではなかったはずである。

それなのに今回再び、週刊文春編集部は彼女をとりあげる。いったい何をしたいのだ

ろうか。権力者を批判するのは大いにやってほしい。それが週刊誌の使命であろう。が、それが適正なことならばと条件がつく。

まず証言者がまともじゃないうえに、いったい何を怒っているのかわからない。最初はいやいやながらかもしれないけれども、二十年前お二人は大人の男と女としてつき合っていたわけでしょう。

あの記事を読んだ男友だちが言った。

「テレフォンセックスして悪いのかよ。男だったらあのくらいのこと、みんなするだろ」

いったい猪瀬さんの何がいけないのか、聞きたいぐらいだ。レイプしたわけでもない。クスリつかって何かしたわけでもないでしょ。しかるべき手続きを踏んで口説いてきたわけでしょ。妻子ある身で近づいたのがよくない、と言われればそうかもしれないけれど、相手は世間知らずのOLさんではない。一応は女の作家のはずだ。作家と作家の恋愛なんか、狐と狸の化かし合いみたいなものではなかろうか。様子をうかがい、心理を読み合い、お互いにネタを探し合っている。いつかはこれを書いてやるのだと、無意識に心のメモに記しているはずだ。くだんの女性作家は、猪瀬さんのことを小説に書いたというんだから、これはもうチャラでしょ。勝負引き分けでしょ。

作家に限らず誰だって、ふと思い出しては、

「アチャー！」

と悲鳴をあげたくなるようなことがひとつふたつある。

「どうしてあんな男と（あるいは女と）」

と自分の頭を叩きたくなるようなことがきっとあるはず。けれども相手の男が（あるいは女が）出世したからといって、それを悪意を持ってマスコミに暴露することはしてはいけないと私は考える。恋をしている時はみんなヘンタイになる、というのが私の持論であるが、それをいちばん理解しているのが作家という人種ではなかろうか。人の心の愚かしさも暗黒も、すべて認めるのが作家というものだ。

イヤな別れ方をした、イヤな男だったと腹が立ち、それを小説にするのはいい。その際、

「あのモデル、あの人でしょ」

と問われた時に、

「えー、そうですかねー」

ととぼけるぐらいのマナーを持つなら書いてもいいと思う。

しかし週刊誌に、相手のことをあれこれぶちまけるというのは、作家がすることではない。かつて総理大臣を辞職させた、あの芸者さんと同じレベルではないか。確かあの芸者さんは、月に三十万でどうかと持ちかけられ、それを侮辱されたと怒っていたと記

憶している。その後その金額で、ちゃんとお世話してもらっていたにもかかわらずだ。当時私は、

「お金はとるわ、暴露するわでは相手が気の毒。それほど腹が立つなら、最初からお金を受け取らなければいいのに」

と書いたところ、男性側についた考え方、女性を軽んじていると、何人かの女性からお叱りを受けた。が、私はいつも考える。

「でも、その時ノーと言わなかったのはあなたですよ」

ノーと言わなきゃいろんなことが起こる。苦しいこともイヤなこともいっぱい起こる。が、それをみんなネタにするのが我々作家という因果で楽しい仕事。若き日の猪瀬さんとの苦い体験。上等じゃん。

………明日のＶＩＰ

つい先日中国の習近平さんが訪米し、オバマ大統領と会談した時、やきもきしたのは私だけではなかったであろう。

「あれー、安倍さんよりもずっと仲よくしているよー」

二人だけで親密そうに話している光景も安倍さんの時にはなかったものだ。

「オバマさんは、日本が嫌いなんじゃないだろうか」

その疑問が頭をもたげる。日本にあまりいい印象がないのでは。就任した頃、オバマさんは日本の記憶を何かの折に語ったことがある。少年時代に、お母さんと一緒に日本を旅行し、そして鎌倉へ出かけたそうだ。

「といっても、私は抹茶アイスクリームの思い出しかありませんが……」

とか言って会場をわかせたが、その時に実はイヤな思いをなさったのではないか。

当時は今よりもはるかに人種差別があった頃だ。白人のお母さんに連れられていた、黒人のハーフのオバマさんは、ちょっと奇異な目で見られたかもしれない。

あの頃、今みたいに何の偏見もない女の子たちが寄ってたかって、

「わー、このコかわいいじゃん！」

「写真一緒に撮ってもいいですかア……」

「この鳩サブレー食べるう？」

とかちやほやしたら、オバマさんはぐっと親日派になったかもしれないのに……口惜しい。

そういえば、今やミャンマーをしょって立とうとしているアウンサンスーチーさんも日本が好きではないようだ。この方は若い頃日本に留学していた。私の友人の話によると、ものすごい美女だったスーチーさんは、

「この時留学先でセクハラに遭った」

それ以来、日本が嫌いになったという。本当だとするともったいない話ではないか。その国を担っていくリーダーたちが、子どもの頃、あるいは若い頃に日本を訪れて日本を嫌いになっていくのである。

私はあることを思い出す。もう二十年以上前のことである。ドイツに旅行した時、ミュンヘンの大学の医学部の男の子たちを紹介された。そのうちのひとりはお父さんが日

本人だったので日本語を喋る。彼を介して二人の男の子たちと親しくなり、日本にも遊びにくるようになった。彼らを見てたまたま居合わせた私の友人、かなりの外国通の女性が、目を細めてこう言ったものである。

「ドイツの男はいいわよねー。アメリカの男よりもずっと知性というものがあるもの」

私はそこまでは考えなかったが、アメリカ人と違ってドイツ人は珍しい。連れまわすとみんながへえーっと言うので得意になったものだ。

あの頃、日本はバブルの真最中、若い彼らが楽しくないはずはない。

「トーキョーはパラダイスだ。こんな素晴らしいところはないよ」

興奮していた。外国人だというので、ディスコなんかはフリーパス。東西の壁が崩れたばかりのあの頃のドイツは、経済的にも大変だったそうだ。それより以前に、ヨーロッパは大人社会である。十代、二十代はじめの男の子などものの数に入れてもらえず、遊ぶところなどほとんどないという。

トーマスともう一人（名前は忘れた）は、毎晩のようにディスコに繰り出す。すると長身、青い目のハンサムな彼らに、女の子がそれこそ群らがってくる。

「マリコさん……日本の女の子は信じられないよ……」

と何かを言いかけてやめた。そこは医学生の知性というものであろう。夏休み中彼らはずっと日本にいたのであるが、途中で私は知り合いの英語が出来る女の子にアテンドを頼んだ。後から知ったことであるが、彼女ともいろいろあったようである……。みんな今頃どうしているだろうか。おそらく知日派のお医者さんとなって活躍しているはずである。

このように考えると、海外から来た若い人たちを心からもてなし、歓迎したいと思う私である。そうでなくてもおせっかいなおばさんの私は、何かあったら手をさしのべたいといつも考えているのだ。

つい昨日のこと、山梨へ行こうとして朝の新宿駅に向かった。私はいつも指定席を買える券売機を使う。小田急線を降りてＪＲに向かうところに二台ある。ところがふたつとも前に人が立っていた。一人は三十代のサラリーマンで、メモを片手に立っている。こういう人は長いに決まっている。

そしてもう一台は若いカップルであるが、画面を見ながらいろいろ相談している。私は気が気ではない。なぜなら指定席は、発車十分前までにしか買えないのだ。

いらいらしながら待っていたら、やっとサラリーマンがどいてくれた。チケットを買い、余裕を持って眺めると、隣りの券売機にまだカップルはいる。

「窓口に行けばいいのに」

と目をやり気づいた。彼らは韓国語を喋っていたのである。

「あら、あら、買い方がわからないのね、気の毒に」

私はついこのあいだソウルに行ってきたばかり。今、日本と韓国はややこしいことになっているが、こういう時に若い人が日本にやってきてくれるというのは嬉しいではないか。どれどれ、おばさんが手を貸しましょうか。

「メイ・アイ・ヘルプ・ユー？」

と英語で話しかけたところ、全く無視されてしまった。が、これでひるむような私ではない。あのオバマ大統領の、安倍さんに対するそっけなさを見てから、私は心に決めたのである。

「明日のＶＩＰ、今日親切に」

このうるわしい決意を人に話したところ、フンとせせら笑われた。

「エリート候補は、今どき日本なんかに来ないよ」

ということであるが本当であろうか。

………男と女そして格差

同級生のよさをしみじみ感じるようになるのは、中年も半ばを過ぎたあたりであろうか。ある意味で平等になってくる。話題といえば、たいていが親の介護となり、もうそこには見栄もてらいもないからである。

「うちはもう呆けちゃって」

「おたくんちはまだいいわよ。一人だもの。うちは両親とも認知症」

「うちは呆けてはいないんだけど、骨折して以来寝たきりになって……」

と、もう隠しごとも何もない。今まで何の不自由もなく、順風満帆の人生をおくってきたと思っていた人から、

「うちはもう十年義父が寝たきりで、家で看てるの……」

などと打ち明けられると、がんばってと手を握り、お互いに励まし合ったりする。

昔はこんな風ではなかった。学校を卒業して就職する頃になると、はっきりと格差というものがあらわれてくる。同じように田舎から出てきて大学生になった頃はまだよかった。大学自体でかなり差がついてくるのであるが、学校生活の楽しさで、あまりそのことには気づかない。

しかし就職となると話は別だ。航空会社のCAになった同級生が何人かいて、一緒にご飯を食べると、このあいだステイしたローマがどうのこうの、うちのキャプテンたらワインが好きだとか、自慢たらたら……いや、とても楽しそうに思えたのである。

こちとらは就職も出来ず、貧しいバイト生活をおくっていた。一流企業の社員になった友人はただただ眩しく、遠い人に思えた。ある時、汚いジーパン姿で六本木を歩いていた私は突然声をかけられた。それも懐かしいふる里の訛りのある言葉でだ。

「ハヤシ、ハヤシじゃねえーか」

クラスは違っていたが、確か商社マンになった同級生であった。同僚らしいスーツ姿の男性三人と一緒であったが、みんなそれぞれ恋人、あるいは奥さんを連れていた。そういう方々がみな美しいことに私はすっかりおじけづいてしまった。本当に別世界の人という感じであった。そしてその後、三十年ほど音信不通であったのだが、山梨の病院でばったり出会った。なんでもお母さんがここに入院しているのだという。

二人で近くのファミレスに行き、いろいろと話をした。お父さんはとうに亡くなり、お母さんは認知症のうえ、心臓を悪くしているのだという。彼自身も関連会社に出され、もう本社には戻ることはないそうだ。

「今度ご飯を食べよう」

とケイタイ番号を交換し合って別れたのであるが、すぐに会うことはあるまいとタカをくっていたところ、知り合いから電話があった。彼のことはよく知っている、みんなでご飯を食べようということになり、その後はぐっと親しくなった。

そしてもうじき〝第二の平等〟がやってくる。それは定年だ。エリートもそうでない人も、ただのおじさん、おばさんになる。そうなったら同級会はもっと楽しく、あけすけなものになるのではないかと私は期待していたのであるが、ここで何だか別の流れが……。

そう、モテるおじさん、デキるおばさん、ということで、再び格差が生じるようなのだ。

このところ中高年のセックス記事、本当にすごいと思いませんか。「六十過ぎて」とか「死ぬまで」という文字を見ると、えー、まだ先にそんなレースがあったのかと驚くばかりだ。同世代はみんなこのまま枯れていくと思ったのに、どうもそうではないらしい。

今日もある会合に出たら、お酒に酔った男性（七十代）が、バイアグラの効能についてとうとうと喋っていた。そういえばこの頃、閉経をすぎた女性のために、婦人科の医師たちが顔が赤くなるようなことを書いている。医師に相談してくれさえすれば、セックスは何歳までも可能だそうだ。

私はある人に言った。

「この頃の若い人たちは、みんな元気がないのに、このおじさん、おばさんのパワーってなんなんでしょうか。若い人たちはみんなセックス……ふん、めんどうかも……と思って、あまりしないのに、おじさん、おばさんたちは張り切っている。このアンバランスさっていうのは、ちょっとヘンだと思いませんか。この中高年のはしゃぎ方を見ていると、若い人はますますセックスから遠ざかっていくかもしれませんよね」

私が若い頃は、おじさんやおばさんというのは、そういうことをしないものだと信じきっていた。特に四十過ぎた女の人は、絶対にそういうことをしないと思っていた。今思えば、なんと傲慢なことを考えていたのであろうか。しかし、それだからこそ、ああいうことは若い人だけの特権だと思うことも出来た。

私と辛らつな知人との会話は続く。彼は言う。

「中高年がそういうことを頑張るのもいいけれど、若い人の気持ちも少しは汲んでやった方がいいかもしれませんね。あまりにも暴走する中高年のセックス記事を見ると、げんなり、という若い人が増えるんじゃないでしょうか。そういうのってまずいですよね。

若い人たちがそういうことになると、少子化にも拍車がかかりますからね」

「本当ですよね。中高年というのは、ちょっと隠れてこそこそという性がいちばんなんですよね。別に明るいところに出なくてもいいのにねぇ……」

ところで、六十過ぎの男性が、若い女性と再婚した例をいくつか知っている。そういう人たちはすぐ子どもが出来る。そのためには経済力も体力もなくてはならず、そうか、中高年になったからといって、平等とは限らないのである。お金のないしけたおじさんに若いコが寄ってくるはずはない。人生の終わり頃に、恋という最も甘美なものを手に入れるには、やはり若い頃からの積み重ねがものを言うのである。全くうかうかしていられない世の中だ。

大きな問題

安藤美姫さんが結婚しないで赤ちゃんを産んだ。それに関しては、

「ふーん、そーなんだ」

といった程度の感想しか持たなかった私であるが、メディアの反応の凄さにびっくりである。もう二週間も続いている。どうしてこんな大騒ぎするのであろうか。この古さというのは、四十年ほど前、人気女優の加賀まりこさんが、父親の名を明かさずに出産された時から変わっていない。マスコミ男性のオスの本能が、父親を知らさずに子を産む女への拒否反応につながっているのであろう。男の人にとって、それは自分のアイデンティティをおびやかすものに違いない。しかし子どもの父親をあれこれ推測するのは、とても下品で不愉快だ。

私たち女はたいていてい、

「あっ、そう。結婚したくないんだ。でも赤ちゃん生まれてよかったね」

という好意的な感想を持つはずなのに。

そもそも私のまわりでも、父親は秘密にして子どもを産んだ女の人は何人かいる。みんな優秀な子どもですくすく育ち、いい学校を出ていいところに就職している。

その中の一人が言った。

「友だちが出産お祝いパーティーを開いてくれたんだけど、その時は面白かったわよォ。入院していた男の人も、這うようにして来たんだから。この日欠席したら疑われるからってみんな必死だったの」

そんなことを笑って話す彼女はあっけらかんとしていて、シングルマザーの大変さを私には見せない。私は彼女のように、経済力があり、完璧に自立している女性なら、どんどん子どもを産んでほしいと思う。この国の深刻な問題、少子化を解決するには、独身でも子どもを産んでもらい、その子どもを絶対に特別視しない世の中にすることが急務であると思う。しかし条件がある。それは、

「父親の名を絶対に明かさないこと」

だ。その名前は子どもだけが知っていればいい。

なぜならわが国の婚外子というのは、道端カレンさんのように、恋人がいるけれども結婚したくない、という新しい生き方によるものではない。大半が妻子ある人の子ども

であるはずだ。一人の女性の幸福が、もう一人の女性の大きな不幸を招くことになる。これは悲しいけれども事実である。結婚している女が、いちばんショックでつらいことは、自分の夫に愛人がいて、その人との間に子どもがいることだろう。

「生まれてくる子どもに罪はない。社会の子どもとして認めて、みなで可愛がりましょう」

というのは理想だけれども、そんなことを言える奥さんがいるだろうか。昔の女性なら、夫のお妾さんの子どもを引き取って育てたであろうが、そんなことを今の女性に要求するのは酷である。

だから、

「結婚してなくても、とりあえずじゃんじゃん子どもを産んじゃいましょうよ」

などとは簡単に言えない。簡単に言えないけれども、自分一人で育てる自信があるのならば、やっぱり産んでほしいのである。

私のまわりには優秀な女性がいっぱいいる。三十代の終わりから四十代の女性たちだ。

私は彼女たちに言う。

「結婚しなくてもとにかく子どもを産んじゃいなよ。夫はあとからついてくるから」

その際、妻子ある人とややこしいことになるよりも、

「若いのをだまくらかして、とりあえず子どもを産む」

というのを奨励している。こういう若いのは、籍を入れた後、案外いい夫、いい父親になるからだ。

そして私はこうつけ加える。

「とにかく、『卵子が衰えるものだって、誰も教えてくれなかった』って後で言うのだけはやめようね」

この言葉を最初に聞いた時は驚いた。

「えっ、この発言者って幾つ？　どうしてこんなねんねなこと言ってるの」

と。年をとったら子どもが出来なくなると、女だったら常識として当然知っているはずだからだ。何のために女性誌で出産特集が組まれるのか。何のために㊋マークがつくられたのか……。

若ければ、若いほどいい、とは私は思わない。が、間に合ううちにぜひ早めに……というのが私の願いである。

昨年末、私の担当編集者の女性たちが、次々と出産した。中でもいちばん嬉しいニュースは、四十歳のA子さんが無事に男の子を産んだこと。A子さんはとても可愛い顔をしているのだが、東大卒という学歴が男の人を遠ざけていた。が、自分よりも若く、偏差値もずっと低い（本人談）学校出身の男性と知り合ってすぐに結婚し、お子さんが生まれたのだ。

残るはB子さんだ。彼女も大手出版社に勤める編集者だが、四十四歳とちょっといっている。しかも東大経済学部卒なのだ。そのうえこのあいだ告白した。

「本当は東大文Ⅰも受かってたんですけど、浪人した兄が文Ⅰ合格したもんで……」

だって。この彼女が私のサイン会が縁で出会った書店員さんに恋をした。その心根がまことに可憐で、私は勝手にケイタイしてしまった。

「今、銀座で飲んでるから来ませんか」

そしておそるおそるやってきた彼を、彼女のボス、某出版社社長が脅かす。

「うちの大切な社員、ちゃんと責任とってくれるんですよね」

そしてひと足先に帰る二人を、皆で見送った。誰かが「バンザーイ」と叫んで、皆で万歳三唱。夜中の銀座の表通りに響く、バンザーイ、バンザーイの声。私はこうして間接的に日本の少子化問題にとりくんでいるのである。

………

時間がない

「よく倒れないよなァ……」

いつになく夫が、やさしい声でしみじみと言った。

「ホントに体が丈夫なんだな」

いつも忙しい、忙しいと、コマネズミのように動きまわっている私であるが、それに拍車がかかったのがこの三ヶ月。四月に発売した初めての新書が、どういうわけか自分でもきょとんとするくらい売れ出した。それに伴い、テレビや雑誌の取材がどっと押し寄せてきたのである。このためプロのヘアメイクさんを多い時は一日おきに頼んでいた。三人の方にローテーションで頼んでいたのだが、この費用がかかることといったらない。取材側が払ってくれたこともあるが、たいていはこっち持ち。おまけに同じ服を着るわけにもいかず、しょっちゅうショップへ行ってはまとめ買いをしていて、それは今も続いている。

お金のことはともかく（でもないが）、これらにすごい時間がかかった。ハタケヤマは、

「もう本当にこれ以上スケジュール無理！」

と悲鳴をあげていた。といっても一歩たりとも事務所を出ないことが彼女のモットー。洋服を受け取りにいくのも、全部私がやる。

本が売れない世の中にあってベストセラーが出せることは本当に有難いことだ。しかし私の中である予感が日に日に大きくなっていった。

「こんなにうまくいっている時は、必ず悪いことが起こる」

そうしたらそのとおりになり、高齢の母が体調を崩し緊急入院。わずか二日でドミノ式にすべての機能が低下し、意識不明になっていった。医者から、

「もって四、五日……。お年ですから今夜かも……」

キャンセル出来るものはなんとかして、その日から病院に泊まり込んだ。その後奇跡的に回復したものの、週に何度も気温三十九度の灼熱の山梨へ帰った。そうするうち見舞いに来た娘が急に高熱を発する事態が。日曜日ゆえ甲府まで車を走らせ救急医療センターへ向かったところ、水疱瘡と診断された。十日間学校を休ませ、病院に連れていったりと、もう頭がどうにかなりそう。

そこに追いうちをかけるようにハタケヤマがおごそかに言った。

「ハヤシさん、パスポートが切れてます」

来月にドイツに行くことが決まっている。早くなんとかしないとと気は焦るばかり。しかしわかる人にはわかってもらえると思うのであるが、この世の中には役所にかかわることが、全くダメという人間がいる。ふつうの人がふつうに出来ることが出来ない。私は過去にどれだけの失敗やトラブルを繰り返してきたことであろうか。

たかがパスポートをとりにいくだけではないのかと思われるであろうが、そのことだけで私の気持ちは重くなり、ゆううつになっていくのである。

私は自分を励ました。

「まずは写真を撮ろう」

いつもはお店で簡単な証明写真を撮ってもらうのであるが、もうこの際ブスに撮られようと何だろうとインスタント写真でいい。私は駅の構内のコーナーに入り、パスポート用サイズの写真のボタンを押した。それを撮って帰ると、ハタケヤマが「パスポートの取得について」というインターネットからプリントアウトしたものをくれた。それによると、更新の場合、住民票と戸籍謄本、あるいは抄本が必要とあった。この暑い中、歩いて近くの出張所へ行ったところ、なんとかセンターに変わっている。

「移転しました」

だって。日傘をさしてまた必死に歩く。今度は窓口で言われた。

「パスポートの更新に住民票は要りません」

全くもう……。だからインターネットの知識なんかあてにならないんだと怒りがふつふつとわくが、こうしていても仕方ない。とにかく区役所へ。これはタクシーを使う。実は結婚した時、夫の住所に本籍を移したので遠くの区役所になっているのだ。ようやく到着して、申請書を提出したところ、ややあって突き返された。

「この住所にはないですよ」

いけない。確か住所の表示が変わったんだ。このあたりからパニックになる。夫にケイタイで聞こうとしたのだが、

「そんなことも知らないのか」

と怒られるにきまっている。仕方なく夫の実家にかけたら誰も出ないではないか……。どうしたらいいんだ……。ハタケヤマに電話したら、あっさり答えてくれてほっとする。そして謄本を手に入れて、そのまま都庁へ。用紙に書き込むのであるが、白に赤い文字が老眼の身にはつらい。

いろいろ書き忘れたところがあったのであるが、最近のお役所というのは非常に親切だ。「やり直し」とつっ返したりはしない。最初の窓口で、担当の人が確かめながら書いてくれるのだ。

そして無事に完了。「二十三日以降にとりに来てください」という紙をもらった時は、万歳をしたいような気分になった。なんだ簡単じゃん、私だって出来るじゃん。

しかし私とお役所がそれほどスムーズにいくはずはなかった。二日後、私のケイタイに見知らぬ電話番号が表示された。仕事に間に合うか間に合わないかというタクシーの中であった。

「都庁のパスポートセンターですが、写真の顔に糸クズのようなものがついてたんですよ。インスタント写真によくあることですが、どうしますか。やり直しますか。続行しますか……」

「もういいですよ……」

泣きたくなりそうなのをぐっとこらえた。

「もうそのままでいいです」

これ以上何もしたくないんです。

テレビの情熱

暑いんだか、暑くないんだか、よくわからない夏である。

先週「よく倒れないな」という夫の言葉を紹介したが、やはりガタがきた。体調の悪い時にちょっとお酒を飲んだら、次の日に立ち上がれないぐらいひどい二日酔いに襲われたのである。

「昨日は本当にきつかったもんなァ。『情熱大陸』のカメラがずっといたし……」

と私。

実は初めてお話しするのであるが、この三ヶ月というもの、ずっと「情熱大陸」のカメラに追われていたのである。

この話が来たのは、今から半年前のこと。仲のいい男性編集者からの依頼であった。

「ものすごくいいディレクターで、ハヤシさんのこと、どうしてもやりたい、って言うんだよ」

「やーだよー」

実は何年も前から時々「情熱大陸」からの打診はいただいていたのだが、どれだけわずらわしいか、よく聞いていたからだ。なんでも十数社のプロダクションが競うようにして、制作を担当しているという。私の「情熱大陸」をつくりたいというのは、某大手のプロダクションであった。

「そこは約束してくれたよ。たった三週間でいいって。三週間撮らせてくれたら、番組をつくるって」

「ホントに三週間だね」

その時私の脳裏をかすめたのは、写真家の篠山紀信さんの言葉であった。その頃の『文藝春秋』「この人の月間日記」に、篠山さんは書いておられる。大きな個展に合わせて「情熱大陸」に出ることにした。うるさいハエのような追っかけに悩まされた日々が始まった。しかし放映された番組を見たらびっくりした。個展に行きたくなる、素晴らしい番組だったそうだ。

そういう展開になるのなら、いいかも……。新しく出す本のプロモーションになるしと、つい承諾した私である。

ところが「情熱大陸」がまだ動き出さないうちに、思いもかけないことが起こった。

他の出版社から出した別の本が、突然売れ出したのだ。おかげでテレビ番組いくつかからお声をかけていただいた。どれも人気番組で、しかも作家としての私の人生を振り返るというものであった。取材シーンも長い。

「情熱大陸」のスタッフは言う。

「あんなにいっぱい出られたら、うちのハードルがすごく高くなりました」

他の番組で流れなかったシーンを撮らなくてはならなくなったというのである。そんなわけで、私が被災地のボランティアツアーに出かける時もついてきた。あちこちまわるバスの中で、ゆっくり居眠りをしたいところであるが、傍でカメラがまわっているのでそれも出来ない。タクシーに乗れば、ずーっとカメラをまわす。仕事場にも対談場所にも、合コンにも、友人とのランチにもついてきた。私は次第にいらついてきた。

「あとどのくらい撮ればいいの」

「ハヤシさん、私たちは六十分テープ百本撮って初めて編集をするんです」

「まさか……」

「本当ですよ」

しかし私のイライラを察して、スタッフは三人から一人となり、女性一人がカメラをまわすようになった。今はハンディカメラがものすごく発達して、音声さんや照明さんもいらないそうだ。が、ブスに撮られるのは間違いない。

この女性ディレクターが実にねちこくて、山梨の母のところへ同行させて欲しいと言う。

「山梨の街を撮るだけで、ハヤシさんのイヤがるようなことはいっさいしません」

ということであったが、行きの中央線の中でもずーっとカメラをまわしていたし、病院に入る直前まで撮っていた。

私は世間の人が思っているよりも、はるかに穏やかで辛抱強い性格である。たいていのことは我慢する。他人に強いことは言えないタイプ。この「情熱大陸」とつないでくれた例の編集者からは、

「あんたは人がいいからイヤって言えないだろうけど、ここまで、とかはっきりしな。だけどうちの本、そろそろ発売だからね、サイン会風景ばっちり取材よろしく」

などというメールがきて私はカッとしてしまった。

それに追いうちをかけるような事件が。若い作家が出演した「情熱大陸」を見ていた私は、次第に腹が立ってきた。そして女性ディレクターに抗議した。

「昨日○○さん見てたら、家はNG。仕事場もいっさい出しません。行き帰りの風景とファミレスでパソコンうってる場面、それと友だちと飲んでるシーンだけで成り立ってるじゃない。あれでいいなら、もういいんじゃありませんかっ」

しかし彼女も負けてはいない。

「いや、ハヤシさん、〇〇さんの服装をよく見てください。冬服から春服に変わっています。単調な光景のようで、あれは三ヶ月経過してるんですよ」

「そうかしら……」

私も自信がなくなってきた。

「そんなわけで、今度はスタジオで三時間たっぷり撮らせてくださいよ。全著書の前でインタビュー。それから池袋のサイン会風景も」

これで最後という約束であったが、やはりそんなわけにはいかず、恵比寿のスタジオから池袋の書店まで、タクシーの中でずーっとカメラがまわりインタビューは続くのであった。

そして翌日、サイン会の後のお酒もあって具合が悪くなったわけ。

今、取材もひととおり終わり、平穏な日々が戻ってきた。そうなると「情熱大陸」のスタッフがへんに懐かしい。もっと親切にすればよかったかしら……ともあれ八月四日放映だ。私を篠山さんのような気分にさせてくれなければイヤですからねッ。

………稼ぎに追いつくもの

「稼ぐに追いつく貧乏なし」

という言葉を長いこと誤解していた。

一生懸命働くのだけれど、労働に見合うだけの生活が出来る貧乏人は少ない、という意味だと思っていたのだ。本当の意味は、一生懸命働けば、貧乏になることはない、ということだ。

私の場合はさしずめ、

「遣うに追いつく稼ぎなし」

ということだろう。この話をすると、たいていの人が、ウソーッとか、イヤミったらしいと言うのであるが、年がら年中お金に困っている私。今日もハタケヤマから、

「ハヤシさん、遣うの、もうちょっと何とかしてください。税理士さんも困ってます

よ」

と言われたばかりだが、仕方ない。このところテレビに出ることが多かったので、お洋服をいっぱい買った。そのカードの支払いがある。人と行く飲食費もすごい。ドイツ旅行の請求書がどっときた。ハイシーズン中なのでホテル代もオペラチケットも高騰している。

まあ、贅沢してるからいけないのだ、と言われればそのとおりなのであるが、毎月が自転車操業。ある年は、どう考えても私の収入よりも、予定納税と住民税の方が多いのではないかと感じる時があった。

「どうして私は、節約ということが出来ないのだろうか。どうしてこうムダにお金を遣うのか」

と考え、いきつくところは、

「自分の収入に合った生活をしていない」

ということなのである。

が、お金を遣わずにはいられないのが、私の性《さが》。

先週はちょっと時間があったので、一泊で京都へ行った。バッグの中には、前日行なわれたばかりのある文学賞の選考料が入っている。

選考料もこの頃は振り込まれることが増えて、男性作家たちが怒っていた。その日のうちに手渡されるキャッシュは、奥さんには知られないお小遣いになるのだろう。もちろんいずれ収入に計上しなくてはならないのはわかっているが、まとまった額の選考料は嬉しい。

京都駅に着いた時、私は武者震いのようなものを感じていた。

「よーし、遣ったるぜー」

といっても、女の身の上であるからタカがしれている。ミシュランの星をとったお料理屋で友人にご馳走し、その後行ったお茶屋バーで知り合いの芸妓さんを呼んでもらい、他愛ないお喋りをするぐらい。そうそう、店主が「祇園サイダー」と呼ぶシャンパンを抜いた。この際、すかさず「高いシャンパンはイヤよ。安いのにして」と言うのがいじましいかも。

こんなこと、お金持ちの友人たちに比べれば、本当にささいなことであるが、それでも後になって悩み、何度も自分に問うてみる。

「私は収入に合った生活をしていないのか」

そんな時、岩下尚史さんの歌舞伎論を読んだ。さすがに見巧者の方の意見は違うと思うことばかりであったが、いちばん印象に残っているのは、ロビーでパンを食べている人たちについて、

「コンビニのパンや弁当を買うような人に大歌舞伎の味がわかるものだろうか。役者と

観客の間にはある種の贅沢なものが共有されるべきだ」

という内容のくだりである。

「他人を押し退けて稼いだ銭かねを、このときとばかり、気前よく散財して心を洗うところに、芝居見物の本来のよろこびはあるのでしょう」

とある。目からウロコというのはこういうことだと思った。

コンビニのパンを齧るようなことをしちゃダメ。せっかく歌舞伎座に来たからには、千円の弁松のお弁当を食べよう。そうすることで魂を浄めようと言うのである。

「散財して心を洗う」なんといい言葉であろう。浪費でなくて散財なのだ。

人よりも少しばかりお金が入ってきたことのひけめや恥ずかしさは、パーッと遣う。そうすることで自分の魂も浄まり、世の中もまわっていくのである。

日本にはそのための場所が幾つかあったのではないか。お伊勢や京都で、思いきった散財をすることにより、昔の人はお金にまつわる穢れを捨てようとしたのではなかろうか。

ところで京都の人たちが言うことであるが、最近のＩＴで儲けた人たちというのは、花街で遊ぶ文化をまるで持たないというのである。

「あの人たちって、お金を本当に遣わない。ワインとかに凝るけど、祇園に来てパーッと遊ぶことはまずないわね」

バブルの頃を思い出す。あの頃儲かっている不動産業者は、週末に京都によく遊びに行っていたものだ。歩いていると、舞妓さんや芸妓さんと歩いている知り合いによく出会った。彼女たちを愛人にしている人も何人かいた。

しかしこの頃は、詳しい人に聞いても、

「芸者が愛人なんてそんな話は聞いたことがない」

最近のお金持ちは本当にお金を遣わない、というのは皆が口にすることだ。確かに着るものも地味だし、車もワンボックスカーに乗っている。

そしてつき合う女性もビンボーったらしい。若い財界人は、女の人にお金を使うのは大層恥ずかしいことで、そういうのはモテない男がすることだと信じている。だから芸者さんやホステスさんには目もくれず、

「たいていはキャリアウーマンと不倫してる。そういうのがカッコいいと思っているみたい」

という証言がある。

お金は遣ってこそ魂を浄める。お金は一ヶ所にだけ溜め込んでいくと、やがて腐臭をはなつはずだ。ホリエモンの失敗は、それが一因であろう。お金持ちの皆さん、さあもっとお金を遣いましょう。世のため、人のため、自分のため。この出版不況の中、私はもう限界が見えてきたので、今後は地味にしなくてはならないが。

高知家の私

　四年前にエンジン01のオープンカレッジを開催して、すっかり高知県にハマってしまった私。このページでもそれはそれはしつこく書いてきた。友人を誘っては、私がツアーコンダクターとなり、三回高知を訪問した。この時のツアーのコースは決まっている。

　まずは桂浜へ行き坂本龍馬記念館を見る。街中のはりまや橋へ行き記念写真。ここは「日本の三大がっかり名所」と言われているらしいが、たいていの人は小さなモニュメントの橋を見ると満足する。そして必ずあの歌を口ずさむのである。

「南国土佐を〜あとに〜して〜」

　といっても、若い人が一緒の時はきょとんとされてしまうのだが。

　そして、得月楼で夕食をとる。得月楼は宮尾登美子ファンだったら一度は訪れてみたいところであろう。そうあの名作「陽暉楼」の舞台になった高級料亭なのだ。

明治三年に創業され、南海一の大楼と言われたそうだ。国の登録有形文化財に指定された本館には大広間がある。五代にわたって育てたという梅の盆栽でも有名なところだ。

ここで皿鉢《さわち》料理をいただき、次は濱長という料亭へ。ここは今も土佐のお座敷遊びを見せてくれるところである。

最盛期高知には二百人近い芸者さんがいたそうであるが、その文化は戦争ですたれてしまった。それを復活させるべく、今の大女将さんや若女将さんが頑張っているのである。

宮尾先生の小説を愛読している私は、高知に行けば芸者さんがいっぱいいるものだと思っていたのであるが、この濱長にわずかに数人と聞いて驚いた。地元のお嬢さんたちが、踊りや三味線をいちから学んだそうである。鬘《かつら》をかぶった踊り専門の芸者さんたちは、みんな若くて美人揃いだ。

新橋や祇園に行きつけている男友だちを連れて行っても、

「こんなにレベルが高いとは思わなかった」

と誉めてくれるのが、自分のことのように嬉しい。品がいいことにもびっくりするそうだ。

箸拳《はしけん》といって、芸者さんが二人、後ろに箸を隠してその数をあてるという遊びなどは、風情があるうえに勇ましくて私は大好き。それから男のお客さんに頭巾をかぶせて、相撲をとる振りで踊る「しばてん踊り」もとても楽しいものだ。

　今回は仕事にかこつけて行ってきた。本当は日帰りも可能だったのであるが、楽しい高知の夜をどうして見過ごしに出来ようか。この高知には、日本で二番めに若く（四十五歳〔編注・二〇一三年八月当時〕）、日本でいちばんイケメン知事の尾﨑知事がいる。今回もおめにかかって食事をしたのであるが、この時「高知家」というバッジをくださった。広末涼子ちゃんと出ているキャンペーンのあれだ。

「高知県はひとつの家族じゃけんのう」

　という趣旨である。

　ちなみに今、高知県のいたるところに「リョーマの休日」というポスターが張られているが、美女を後ろに乗せ、グレゴリー・ペックばりにスクーターを運転しているのは尾﨑知事だ。俳優さんかと思うだろうが現役の知事である。

　高知が「日本一のおもてなし県」というのは本当で、お客がくるととことん歓迎してくれる。心から楽しませてくれるのだ。私が来るとわかっていると、知事さんから若い芸者さんまでちゃんと私の新刊を読んでいてくれる。こんなところ他にはない。

　次の日、早起きして朝市へ。まずは大好物の芋ケンピを買おうと、偶然立ち寄った露店には、

「作家の林真理子さんも推薦」

という手づくりのポスターが。そういえば何年か前、女性誌で高知の芋ケンピを紹介したことがあるが、これはそこの店のものだったのだ。

「ハヤシさん、会えてよかった。お礼に新芋の芋ケンピを送りますから、住所書いて」と手帳を渡された。高知の人は本当に義理がたいのである。

今回一緒に行った友人がしみじみと言う。

「高知って、乗るタクシー乗るタクシーみんなすごく感じがいい」

基本メーターでもイヤな顔ひとつせず乗せてくれる。確かに珍しいかもしれない。

律儀なところは芸者さんもそうで、朝の九時にホテルを出ようとしたら、フロントマンがメモを渡してくれた。

「朝市ご案内しますので言ってください」

とケイタイ番号が書いてあった。昨夜の若い芸者かつをちゃんだ。

ひろめ市場で待ち合わせると、涼し気な絽《ろ》を着たかつをちゃんがやってきた。朝見ても薄化粧の顔がピカピカしていて本当に可愛い。

みんなで生ビールで乾杯。このひろめ市場は体育館ほどの大きさの中に、何軒か食堂があり、お客は好きなものを買ってテーブルで自由に飲み食いする仕組みだ。たいていの人が朝からお酒を飲んでいる。私たちはカツオのたたきやカレー、もやし炒め（何でもある）を肴に、飛行機の時間までだらだら飲んだ。

かつをちゃんは本当にお酒が強い。地元の高校を出てしばらくOLをした後、この世界に入った。高知が好きなのでずっとここにいたいそうだ。

「高知の女の子は、本当にいいコばっかりだなあ」

と友人たちも感動していた。それにしても昨日から尋常でない量のお酒を飲んでいるのにまるで酔わない。四人でお酒を一升空け、その他にも焼酎やビールを浴びるほど飲んでいるが、二日酔いもなかった。このさわやかさはいったいどういうことであろうか。四年前から〝土佐病〟になり、一年に一回は高知に来ないと禁断状態となる私。どうやら今回たっぷりヤクを注入したせいであろう。

私の友人たちも来た人はすべて、

「またくるぜよ」

と必ず言ったものである。私のカーディガンには今も「高知家」のバッジが輝いているのである。


『南国土佐を後にして』（詞・曲　武政英策）

ワグネリアン

その音楽祭のことは、三枝成彰さんからよく聞いていた。

おととし、その前年と、一緒に出かけたヴェローナ野外音楽祭やザルツブルク音楽祭の会場で三枝さんは言っていたものだ。

「バイロイト音楽祭ってすごいんだよ。世界中から〝ワーグナー狂〟が集って、ふつうの音楽を楽しむ雰囲気じゃないんだよ」

その劇場はドイツのバイエルン州バイロイトという小さな街にある。かの大作曲家リヒャルト・ワーグナーが、自分のオペラだけを上演するためにつくった劇場だ。正式にはバイロイト祝祭劇場という。彼の大パトロン、ルートヴィヒ二世の援助を受け一八七六年に完成したものだ。なにしろ理想の音を追求したため、席が木製、しかも通路がなく、オーケストラピットは舞台の下にある。これは指揮者の動きにまどわされず、舞台に集中出来るようにとのことらしい。さまざまな配慮により、ここで奏でられる音楽はすばらしく、歌手も最高レベルが集められるそうだ。

「昔の紅白みたいに、バイロイトに出たとなるとギャラも格もぐーんと上がるんだよ」

と三枝さんの解説は続く。

「だけどチケットが手に入らない。世界でいちばん入手困難だ」

なにしろ劇場が開かれるのが、一年のうちで夏だけなのだ。七月から八月にかけて合計三十公演が行なわれる。そのチケットをめがけて世界中から熱狂的なワーグナーファンが押しかけるのだ。チケットは抽選によって手に入れることが出来るが、八年、十年待ちというのもふつうだそうだ。ワーグナーファンにとって聖地を訪れるための競争は熾烈《しれつ》だ。

三枝さんが言うには、「日本ワーグナー協会」というところに、毎年五十枚の割りあてがあったが、順番を待っている人が多いのでこちらも入手困難。超プラチナチケットとあって、一時期ものすごい値段の闇チケットが出まわったことがあり、その対策として、チケットには名前が入った。

「それどころか、日本人はパスポートを持って、チケットの名前と照合されたんだ。ひとりひとりああいうことをするのが、いかにもドイツ人らしいよね」

三枝さんは思い出して感心している。

いなァ」

「いつかハヤシさんも連れていってあげたいけど、チケットを手に入れるのはむずかし

ところが今年の春のことだ。

「あのね、僕の友人があちこちの抽選に申し込んでいたら、五枚あたっちゃったんだって。それで僕に四枚譲ってくれることになったんだけど、ハヤシさん一緒に行こうよ」

「……」

即答出来ない私。というのも、私はワーグナーはもちろん何回も見ているが、多分に「お勉強」の要素が入っているかも。イタリアオペラに比べ、やたら長くて衒学的なワーグナーオペラは上級者が見るものとされている。

「私になんかもったいないですよ。他のワーグナーファンにまわしたらどうですか」

「何言ってんだよ、ハヤシさん。今年は何年だと思ってんだよ」

「二〇一三年……」

「今年はワーグナー生誕二百年だよ。この年に『ニーベルングの指輪』をやるんだよ。新演出ですごいことが起こるに決まってるじゃないか。こんな歴史的な時に立ち会わないなんておかしいよ。ものを書く人として行かなきゃダメ。絶対にダメだよ」

ということで何となく承諾してしまった私。しかし不安は残る。

「男はすべてタキシード、女性はイブニングだよ。そのまま身じろぎもせずに聞く。冷

房はないから、暑さと緊張とでよく年寄りは倒れるよね。そのために救急車も待機しているんだ」

しかもその頃会ったオペラ通に、

「やめなさい。あそこで〝指輪〟聞くなんて拷問だぞ」

と諭された。ちなみに「ニーベルングの指輪」は、四夜にわけて上演される十四時間にわたる大作である。

「冷房はない。ものすごく暑い。椅子は木で固くて肘かけもない。しかもちょっとでも身動きしようもんなら、まわりから注意される。うとうとしようもんなら大変だ。すぐに肩を叩かれる。悪いことは言わないから、話のネタに一夜聞くだけにしな。〝指輪〟を通しで見るなんて絶対にやめなさい」

ここまで脅かされると、次第に気持ちが萎《な》えるではないか。

が、三枝さんは反論する。

「世界中のワーグナーファンが欲しがる今年のチケットだよ。絶対に見なきゃダメ。ハヤシさん、一生の悔いが残るよ」

ということで、三枝さん夫妻、友人夫妻と一緒に成田を立った私。この友人A子さんは私がバイロイトに行くという噂を聞いてメールをしてきた。

「私はバイロイトに行くのが一生の夢なの。どうにかならないかしら」

彼女がオペラ大好きなのは知っていたが、実はワグネリアン（ワーグナーの熱狂的ファン）だったのである。三枝さんに話したところ、急きょ来なくなった人のチケットをまわしてくれることになった。彼女は大喜びで、飛行機の中でアイポッドを聞きながら、ずっと対訳を読んでいる。当然のことながら字幕が出ないので、歌詞をこうして一字一句もらさず理解しようとしているのだ。近くの席の三枝さんにささやいた。

「A子さん、本当に熱心ですよね」

「バイロイトに行く人は、あのくらいふつうだよ。ワーグナーをちゃんと理解するために、ドイツ語を習う人いっぱいいるもの」

私はますます気弱になってきた。倒れる人もいるというバイロイト祝祭劇場。私は無事〝指輪〟に耐えることが出来るであろうか。

バイロイト

三枝さんが連れていってくれるオペラツアーは、いつも楽しく、毎日劇場に行くのが楽しみだった。

しかし今回ばかりは、心配ごとが多くてとてもリラックス出来ない。海外に遊びにやってきたという晴れやかさはまるでなく、重い課題を負った気にさえなる。

なにしろ「拷問だぞ」と脅かされた、バイロイト祝祭劇場の「ニーベルングの指輪」なのである。

時差ぼけはまだ治っていないから、もしかするとうとうとしてしまうかもしれない。それよりも心配なのがトイレだ。この劇場は真中を貫く通路がなく、出入り口は左右の端だけ。ちょっとでも遅れて席に向かう人は、

「エクスキューズ・ミー、エクスキューズ・ミー」

を連発しながら、身をかがめて通してもらう。正装した紳士淑女は立ったまま待つことになるので、ジロリと睨まれる。このところ年のせいか、トイレがとても近くなっている。もしも途中で行きたくなったらどうしよう……。一列分の人々をすべて立たせて、そそくさと出口に向かう自分のことを想像するとぞっとする。一幕ぐらいは我慢出来るとしても、通路がない長い一列をスムーズに通り抜けて、早くトイレに向かうことが出来るであろうか……。

「いっそのことおむつしてこうかな……」

と半分本気で思った。

「この頃パンツ式のいいのが出てるし、どうせ将来使うんだし。東京ガールズコレクションに来てる女の子たちちって、いい場所確保して八時間ぶっつづけに見るから、皆おむつしてるって聞いてるし（本当かしら）」

そしていよいよ当日、ワゴンのタクシーに乗って私たちは劇場に向かった。三枝さんがいろいろ案内したいからと言うので、一時間半前に到着したのだ。

「ここが休憩時間にワインや軽食をとるところだよ。あそこはショップと郵便局。そうそう、いちばん大切なところはここ」

と、トイレを指さした。

「おばちゃんがいるからね。一ユーロ、チップを忘れないようにね」

まずは済ませるものを済ませ、ほっとしてあたりを見渡す。確かにタキシード、イブニング姿の人も多いけれど、仕事帰りといった格好の人も目につく。

「こんなこと十年前には考えられないよ」

三枝さんは憤懣《ふんまん》やるかたない、といった感じで言った。

「あの頃、女性のふくらはぎなんかまず見なかったもの」

みんなロングスカートだったということらしい。

これは後のことになるが、〝指輪〟の三夜ぐらいになると、暑さとまわりの影響からか、観客の服装がどんどんカジュアルになってきた。中にはポロシャツとジーンズの人さえいるではないか。これも時代の流れらしい。

「〝花の乙女〟もふつうになっちゃったしなァ」

と三枝さんはがっかりしている。入口のところでモギリをする女性は、〝花の乙女〟と呼ばれ、ドイツ全国から募集するらしい。タダで音楽が聞けるとあり、ものすごい競争率で目のさめるような美女が集まったという。が、私の見たところ可愛いお嬢さんもいるが、まあ平凡な顔立ちの女性もいる。一人綺麗な日本人女性がいて嬉しかった。

さて肝心の舞台であるが、ワーグナー生誕二百年を記念しての〝指輪〟、あまりにも演出が斬新過ぎて、非難ごうごうだという。そもそも〝指輪〟は、神話が基になっているから、演出はやろうと思えば何でも出来る。東京の新国立劇場での「トーキョー・リング」は、現代の病院に置き替えられたぐらいだ。

まず序夜「ラインの黄金」の幕が開いた。これはラインの乙女たちが守る黄金を、醜い小人が盗んでしまうという内容だ。が、舞台は川ではなく、アメリカのドライブインを兼ねた安モーテルが出てくる。ラインの乙女たちはみんなけばけばしい売春婦で、ライン川はモーテルの庭にあるビニールのプールではないか。映像を駆使して、壁のスクリーンに部屋の内部のやりとりが映る仕掛けだ。

そして幕がおりたとたん、ブーイングの大合唱が起こった。こんなにすごいブーは聞いたことがない。

帰りしなに、真中に座っていた男性が一人もう一度大音量で声を発した。

「ブ〜〜〜！」

こんなの許せるかよーという意志表明に、観客たちも共感の笑い声をたてた。

しかし三枝さんは言う。

「あたり前の〝指輪〟なんかやったって仕方ないんだよ。どう解釈して、どう哲学を盛り込むのかが演出家の才能なんだ。今度の〝指輪〟はものすごい非難を浴びるだろうけど、新しいことをやる時はいつもそうだよ。だけどこの〝指輪〟は絶対に後世に残るよ」

しかし今回の〝指輪〟の哲学とはいったい何か。オペラがひけた後、ワインを飲みな

がら皆でわいわいがやがややるのがオペラの楽しさ。私は聞き役であるが、

「最初にガソリンスタンドが出てきたし、石油を中心にした資本主義社会の崩壊を描いてるんだ」

「だけど毛沢東やスターリンの石像も否定的に出てきたよ」

と真夜中まで続く。

三夜め。その頃には、私はトイレに早く行くコツもつかみ、まわりの席の人ともすっかり顔馴じみとなった。歌の素晴らしさと演出の面白さとで全く眠くはならない。主人公の英雄ジークフリートが小鳥姿のショーガールとデキてしまうシーンには笑ってしまった。しかしブーイングはますます大きく高くなっていく。歌手が出るとすごい拍手のみが起こる。それは、

「あなたたちには全く罪がない。演出がいけないのよ」

という観客の意志の表れなのである。客席が一体となりブーや拍手で舞台と会話する。こんな劇場他に知らない。

………プロは大変

今年はワーグナー生誕二百年であるが、もう一人偉大な作曲家も生誕二百年である。その人の名はヴェルディ。あの「椿姫」をつくったイタリアの大作曲家だ。

ということでミラノ・スカラ座が、ヴェルディの新演出作品を持って来日している。

こういう時、いつもチケットを二枚買って一枚は誰かにプレゼントする私。相手には、

「オペラ好きでビンボーな人」

という条件がつく。これがなかなかむずかしい。私のまわりでオペラが好きな人というのはいることはいるのであるが、私よりずっとお金持ちばかりだ。スカラ座のチケットは、自分で難なく買っている。私としたら学生なんかにあげたい。そしてオペラの楽しさに目ざめてもらいたいと思うのであるが、この頃の若い人は本当に好奇心というのを持たない。

「めんどうくさそうだからいい」

と断わられてしまうのである。が、私はオペラが大好きでビンボーな人を見つけた。その人はごく身近にいた。そう、私の弟である。彼は今、六本木男声合唱団倶楽部でバリトンを担当している。楽譜も読めるしすごくいい声だ。田舎でそういう風には育てられなかったのに、なぜか歌を歌うのが大好きなハヤシ姉弟《きょうだい》。スカラ座をおごってあげるといったら大喜びでやってきた。しかしやや後悔した私。肥満のハヤシ姉弟は並んで椅子に座ると、かなり窮屈なのである。肘がはみ出して腹が立つ。しかしやはりバイロイト祝祭劇場で鍛えられていたのであろう、イタリアオペラがやたら楽しい。字幕もついているし、椅子もふかふかだし、

「オペラがこんなに面白くていいんだろうか」

と不安になってしまうほどだ。

それにしても、最近のオペラ歌手はスタイルのいい美男美女ばかりだなァと思う。演出も凝っていて、役者としての資質を強く求められているような気がする。本当にプロは大変だ。

プロといえば、この頃テレビドラマがとても見ごたえがある。いい俳優さんが素晴らしい演技を見せてくれるのだ。

いちばんの話題の「半沢直樹」は、海外旅行で二度ほど見逃してしまい、それを機に

ビデオで録画ということにした。近いうちにゆっくり見ることにする。

私が今期ハマってしまったのは、日本テレビの「Ｗｏｍａｎ」だ。セリフが多いテレビドラマには珍しく、深く少ないセリフで俳優さんたちをじっくりなめまわすように撮っている。脚本も演出も素晴らしい。いろんな人が誉めちぎっているので、ここに書くのは気がひけるのであるが、主役の満島ひかりさんの全身から発する痛々しさは本物かと思うほどだ。田中裕子さん、小林薫さんのうまさというのは言うまでもないが、義妹役の二階堂ふみさんがすごい。とてつもなく繊細で残酷な女の子を演じてぴったりだ。風鈴がちりーん、ちりーんと鳴る古い家の中で、告白をするシーンにはぞっとしてしまった。

「俳優というのは、いったいどういう才能とひらめきによって、これほど別の人格を自分とすり替えることが出来るのか……」

感心するばかりである。

そして、ＮＨＫの「夫婦善哉」も必ず見る。これは森繁久彌さんと淡島千景さんコンビのインパクトがあまりに強く、いろいろやりづらかったであろう。つい何年か前、小林薫さんと田中裕子さんコンビのドラマがいい味を出していたが、今回森山未來さんの柳吉には違和感があった。つい「モテキ」の顔と重ねてしまう。

「イメージと違うよなァ」

と画面に向かってひとりごちた。うちにバイトに来てもらっている大学院生のA子さんは、織田作之助を研究しているため、

「やっぱり柳吉は森繁ですよ」

と力説していた。しかし二回めを見て思った。森山版柳吉の目の離れた不思議な顔は、なんともいえない色気がある。男の可愛気に溢れているかも。私は次第に納得していったのである。

このあいだは情事の後、上半身裸でステテコ姿の柳吉が、急いで着物を着て帯を締めるシーンがあった。この一部始終をカメラが後ろからずうっととらえていたのであるが、今どきの人だから着物に慣れていない。一生懸命練習したであろうが、どうもたついてしまうのだ。

つい歌舞伎役者と比べてしまう。歌舞伎というのは、脱ぎ着を芸として舞台の上で見せるところがあると思う。長台詞を言いながら、着ていたものをすばやく脱ぎ、新しいものを羽織り、そして帯をさっと巻きつけ貝の口に締める。

納涼歌舞伎で、坂東三津五郎さんの「髪結新三」を見ていたら、そのシーンが出てきた。着替えが踊りの所作のようにきまっていて惚れ惚れしてしまう。深く印象にとどめて帰ってきたらご病気のニュースである。驚いた。どうか一日も早くお元気になってもらいたいものだ（編注・坂東三津五郎氏は二〇一五年二月に逝去）。

そしてまた「夫婦善哉」の話に戻るが、このドラマは昭和初期の大阪のモダンな雰囲気、猥雑なエネルギーが画面からむんむん伝わってくる。最近こういうきちんとした時代設定は、NHKでないと出来ないかもとつくづく思う。民放だとびっくりすることが多い。衣装も大道具小道具も出鱈目という以前に、「昔は現代とは違う」という認識がないのだ。このあいだ先代の柳家小さん師匠の人物ドキュメントをやっていて、「中学時代から人気者」ということで、再現映像が流れた。笑いさざめく学生服の少年とセーラー服の少女たち。旧制中学は男女共学ではない、というぐらい私でも知っている。どうして調べようともしないのか不思議だ。今に昭和や大正のドラマはめちゃくちゃになるのではないか。私は本当に心配しているのである。こんなにドラマが盛り上がっている時、テレビ局の皆さん本当にお願いしますよ。

……

二〇二〇年

人の心というのは、なんと移り気なものであろうか。

ついこのあいだ石原前知事がオリンピック招致運動をやっていた時には、

「ふーん、今さらこんな落ちめの日本でやっても仕方ないじゃん」

と全く興味を持たなかった私。それなのに今回は招致が決まったと知ったとたん、その場でガッツポーズをとった。

「やったね！　ニッポンやった！」

これは私に限ったことではないであろう。日本中お祭り騒ぎである。

こういう時、人よりもノリやすくてオッチョコチョイの自分の性格がつくづく情けない。日本チームのプレゼンテーションを見て、

「やっぱり英語が喋れなくっちゃね」

と、英会話のCDをまた引っぱり出した。この傾向は私だけではなく、テレビのワイドショーを見ていたら、英会話教室に入会を申し込む人が急増しているそうだ。

うちのハタケヤマがしきりに感心している。

「滝川クリステルって、本当にフランス語うまいですねぇ。すごいですね」

「あったり前じゃん」

私は言った。

「お父さんがフランス人のハーフで、パリ生まれなんだよ。これで話せなかったらおかしいでしょ」

「だけど長いこと日本に暮らして話せなくなった人っていっぱいいます」

「そういう人もいるかもしれないけどさ、実家にお父さんいたら、ふつうにフランス語喋るでしょう。話せてあたり前よ」

なぜかムキになる私たち。まあ私に関して言えば単なるやっかみである。ハーフの人っていいなァ。顔はハズレなく綺麗だしたいていはバイリンガル。来世は絶対にハーフに生まれたいものだ。そして世界を舞台に生きていきたいとつくづく思う。まあ、私の人生はせいぜいがこんなもん。極東の一介の物書きで終わってしまうんだけど……。

そう、「二〇二〇年」という数字を突きつけられて、いろいろ考えた人は多いに違いない。

「それまで生きていられるか」

というのが友人の間で話題になった。四十代、五十代だと当然大丈夫だと思っているが、七十代になると気弱なところを見せる。

「たぶん無理だろうなァ……」

そんなことないよと私は必死で慰める。

今日山梨の母のところへ行ったら、

「さすがにオリンピックは見られないよね」

と言われ返事に詰まる。母は九十八歳だ。

私は事故や悪い病気に遭わなければ、七年後このページに「オリンピック観戦記」を書いていると思う。

が、友人の野望はすごい。

「わが子を今からオリンピック選手に鍛える」

と本気で言い出す人が何人もいるではないか。小学校高学年や中学生の子どもを持っている友だが、私も一瞬これが脳裏をよぎった。

「水泳や体操は絶対に無理だけど、今からやって東京大会に出られるものはあると思うの」

「射撃はいけるかも。クドカンも狙ってるらしいよ。あれってお金かかるから、やる人が少ないんだって」

「今から本気出せば、馬術もイケるかもしれない」

彼女が言うには、開催地は予選がゆるいからすごく甘い基準になるそうである。

「私がやっちゃおうかな。私ね、一度でいいから選手村に入ってみたい」

それは私も同じだ。前回の東京オリンピックの時に私は小学生であったが、バイキングという言葉を初めて知った。選手村では世界各国の料理が、いくらでもタダで食べられるという事実は、田舎の大食いの子どもの心を震わせたものだ。

「バルセロナオリンピックの時みたいに、どっかの特派記者になって入りこめないかナァ」

と今からあれこれ考える私。

ところでしょっちゅう通う駅前のヘアサロンのおニイさんは、実に辛らつで意地の悪いことを言うのであるがつい耳を傾けてしまう。世の中の声も伝えてくれるのだ。

「うちのお客さんがテレビ見て、ハヤシマリコの仕事場って本当に汚いって言ってたよ」

「別のお客さんは『ハヤシマリコって本当にしぶといわね』だって」

私に関してかなりキツい評判を言われるのだが、おととい行ったら、

「うちに〝D通〟の女の子が来てくれるんだけど、これから力較べが始まってイヤーな

時代がくるって。おじさんたちが自分の力やコネを試そうとするって。開会式のチケットや人気競技のチケットを、どうやって手に入れるか皆が戦々恐々とするはずだって言ってたよ」

ドキリとした。私も今から、誰かに開会式のチケットを頼もうと考えていたからである。反省した。

しかしこの目で見たい開会式。わが国のエンターテイナーは誰が出るのか。ＳＭＡＰかＡＫＢかももクロか。ＥＸＩＬＥか。七年後彼らはどうなっているのか……。

そんなことを考えている最中、昨日、私は小さなホテルの食堂にいた。被災地の中学生十五人が修学旅行で東京に来て、私たち支援者に「報告とお礼の会」をしたいと言ってくれたのだ。たいしたことをしたわけではないのに、皆の寄せ書きの色紙とお土産のワカメをくれた。

この二年半、皆がどれだけ頑張ってきたかビデオを見て、涙、涙である。そう、初めて彼らの消えてしまった街を見た時の衝撃を思い出した。

ひかえめな東北の人たちは大声で言わないが、オリンピックの騒ぎようを見て不安な気持ちになったはずだ。前を向くことと、大切なことを忘れないということ。七年間で私たちがやるべきこと。

二度めのムパタ

ある日、展覧会の招待状が届いた。「ムパタとその仲間たち展」と書いてある。懐かしさのあまり、びりりと封を破った。二十八年ぶりの展覧会のレセプションの案内が入っていて、私は「出席」に大きく丸を書いたのである。

ムパタというのは、若くして亡くなったタンザニアの天才画家である。子どものような無垢な目で、アフリカの自然を描いた。キリン、シマウマ、サイ、熱帯の植物に鳥たち。それはアニミズムとも違う。大胆なタッチと強烈な色彩は、見る人の心をとらえて離さない。

このムパタにとことん惚れ込んだのが、当時マガジンハウスを退職したばかりの小黒一三さんである。この人は伝説に残る編集者で実に魅力的な男性だ。私に言わせると「東京にだけいる不良」であろうか。

八〇年代、出版社はどこも莫大な利益をあげ、黄金期を迎えようとしていた。中でもいちばん華やかだったのがマガジンハウスだろう。特に「ポパイ」「ブルータス」の編集者というのは、トレンドをつくる人の代名詞であった。

「渋谷の仁丹ビルの中に、『ブルータス』の編集者がよくくるバーがあるんだって」

といえば、それは最先端の店ということになるのである。

ある時こんな噂が立った。

「『ブルータス』の編集者がアフリカに取材に行って経費を使い過ぎちゃったんだって。こんな大金なんだ、って上司が怒ったら、象を一頭撮影のために買いました、って答えたんだって。じゃその象を出せ、って怒鳴ったら、もう死にましたから、と平然と答えたんだって」

今も語り継がれる有名な話であるが、この編集者というのが小黒さんである。いくら社員の経費に寛大なマガジンハウスといえども、驚愕するような金額だったらしい。おまけに小黒さんは未精算の経費がいっぱいあったので、懲らしめのため、「クロワッサン」の女性編集長の下に「左遷」されることになった。これを嫌がった小黒さんは会社を辞め、遠きアフリカの地で見つけたムパタのために力を尽くす。展覧会を開いただけでなく、なんとケニアに「ムパタ・サファリ・クラブ」をつくったのである。

小黒さんのことは、いろいろな作家が書いているけれど、本当に型破りの面白い人だ。

今はエコにめざめて「ソトコト」という雑誌をつくる会社の社長さんである。

当日、会場である渋谷西武に行ったら、たくさんの知り合いに会った。デザイナー、カメラマン、イラストレーター、二十八年前、有楽町で行なわれた最初の「ムパタ展」に来ていた人ばかりだ。

「ついこのあいだのことみたいだよね……」

小黒さんとしみじみと話す。

「あん時さァ、マリちゃん、ケニアの外交官に口説かれたんだよなァ」

笑う小黒さん。そう、あれは私にとって忘れがたい思い出である。

最初の「ムパタ展」からさかのぼること、二年。二十代の私は友人とケニアツアーに参加した。そこで生まれて初めて奇妙な体験をした。前にも何度かこの話を書いたことがあるので気がひけるのであるが、つまり、かの地で私はモテモテだったのである。

「牛百頭やるから嫁に来ないか」

とかなり本気で現地の男性に言われた。土産物屋で絵ハガキを買ったところ、典型的なケニア美人の顔は私とそっくりであった。かなりあちらでちやほやされ、ケニアという国に対して、非常にいい印象をもった私は「ムパタ展」にも興味を持ち、レセプションパーティーに出席していたのである。当日会場では、若い二等書記官がケニア大使館を代表してスピーチをした。それが終わり、誰かれとなく知り合いとお喋りしていると、私は背後に人の気配を感じた。その気配は私が移動してもぴたっと寄ってくる。振り向くとさっきの二等書記官がいた。会釈する私。

「あなたは本当に日本人ですか」

彼は英語で尋ねた。

「はい、もちろんそうですよ」

「私は日本に来て二年たちますが、あなたのような美しい人に会ったのは初めてです。あなたは祖国に残してきた私の妻にそっくりなんです……」

この話をすると、友人たちは笑ったものだ。

「世界にひとつだけでもそういう国があるって、心の慰めになるよね」

今回のレセプションには、ケニア大使館から参事官がいらしていた。小黒さんが私を紹介してくれたけれども、これといった反応はまるでなかった。

時間というのは無情なものだ。極めて特殊なケニアオーラというものはすっかり消えていて、私はただのおばさんになっていたのである。もう世界中どこを探しても、魔法のような評価をくれるところはないのだ。何だかさみしい……。

そして私はあたりを見わたす。二十八年前、レセプションパーティーをした有楽町西武はもう消えていてこの世にない。

あの時日本はバブル景気を迎えていて、本当に楽しかったなァ。毎晩のように夜遊びをしていた。いつも一緒に遊んでくれたのは小黒さんではない。小黒さんより私はいくらか年下だったし、しかもダサい田舎娘だ。相手にはならなかった。いつも遊んでくれたのは同じマガジンハウスでも「アンアン」の編集者だ。東京港《ベイ》に「インクスティック」や「タンゴ」などの新しいお店が続々と出来ていく。ビリヤードが大流行して私もかなり練習したものだ。しょっちゅう新しいお店が出来て、そこに競って出かけていった。もうあの時代に戻れるはずはないが、

「もう一回元気になろう」

と今回のレセプションで小黒さんは挨拶したっけ。

「またみんなで楽しくなんかやろうよ」

本当にそうだと、ムパタのカバが喚《わめ》いているようだった。

甲府のきゃりー

………

あまちゃんが終わった

「うちの夫ったら、昨日の〝あまちゃん〟、薬師丸ひろ子が歌ってるとこで、泣いてんの」

彼女の夫は五十一歳。大学のアメフト部出身のがっしりタイプである。その人が〝あまちゃん〟を見て泣くシーンは想像出来ない。その話を他でしたところ、

「実はうちのダンナも鼻をすすっていた」

という人がいるではないか。それどころか、このページの担当編集者が連絡のＦＡＸの最後に、

「昨日の薬師丸ひろ子の〝潮騒のメモリー〟で泣いてしまいました」

と書いてきた。薬師丸ひろ子さんに夢中になっていた頃の自分を思い出していたのであろうか……。

とまぁ、中年の男の人を巻き込んで〝あまちゃん〟の最後の日は次第に近づいてきた。この最終回をめぐって、早くから週刊誌にはいろいろな記事が載っていた。最後のシーンを撮るロケ地に、小泉今日子さんがいなかったのはどうしてか、もしかすると大震災で亡くなるのではないかとあれやこれやと推測していたのである。

さすが社会現象とまでなったドラマである。〝あまちゃん〟は実は視聴率からいえばそう突出したものではない。〝梅ちゃん先生〟と同じくらいと聞く。しかしその拡がりはかつてないものであった。先日もうちに『おら、「あまちゃん」が大好きだ！』という単行本が送られてきた。〝あまちゃん〟の魅力をそれぞれの人が語り、トリビア的な記事が載っている。

最初の頃はあまり見なかった私であるが、アキが最初のウニを獲る回をきっかけに、毎日かかさず見るようになった。おかげで犬の散歩コースをショートカットしたぐらいである。

誰もが言うことであるが、〝あまちゃん〟の成功の最大の要素は、能年玲奈という少女の愛らしさ、清らかさであろう。澄んだ大きな瞳につるっとした肌を見ているだけで楽しくなってくる。

ところが世の中には意地の悪い人がいて、モデル時代の彼女の動画を見せてくれた。この動画はすぐに消された。私も見なかったことにしますからね……。とにかくアキは、私が見たこの二十年で最高のヒロインである。そのアキがもうじき見られなくなると思うと本当に淋しい。こういう人は多いらしく、週刊誌には「〝あまちゃんロス〟をどう乗り越えるか」という特集さえ出現した。本当に日本中が息を呑んで最終回を見つめているという感じだ。

最終回といえば、「半沢直樹」のあれには、かなり落胆してしまった。落胆どころか腹が立った。

「勧善懲悪が売り物なのに、こんなことやられちゃスッキリしないじゃん。カタルシスっていうものがないじゃん」

と画面に向かって怒鳴っていたら、

「ふつうの企業でこんなことが許されるわけないだろ。取締役会で上役を土下座させるなんて、会社の秩序を乱す人間ということで失脚させられるのはあたり前」

と夫は言う。誰もが考えることであろうが、このラストシーンというのは「続・半沢直樹」をつくろうという意図がミエミエだ。だからってこんな中途半端なことをしてドラマのファンを裏切ることないでしょ。次は倍返しだ。絶対に見ないからね。〝あまちゃん〟はこんな終わり方をしないでと、私は祈るような気持ちで最終回の朝を迎えたのである。

最後だからあれこれ言わせてもらうと、私は東京編の後半があまり好きではなかった。

オーディション番組に出場した春子の後ろで、太巻がダンサーとして踊っているシーンの頃は、面白さで卒倒しそうになった。まるで「チャーリーとチョコレート工場」の踊りのシーンを見ているようであった。それなのに、AKBのパロディがしつこくて長過ぎて、いささかうんざりしてしまった。パロディというのは、小技で出すものであって、これが主流になってはまずいのではないかと、クドカンに意見したくなったぐらいである。

しかし、アキが北三陸に帰ってから、ドラマはまたいきいきとし始めた。夏ばっぱが出るシーンは締まるし、海女たちはみな魅力的。ミズタクは日に日にカッコよくなり、おばさんたちの心をしめつける。春子のヤンキー感もどんどん吹っきれていって爽快だ。

そして最終回。北三陸鉄道が運転を再開して、人々が駅で道端で手を振る。おそらく地元のエキストラであろう。笑顔が自然で心の底から喜んでいるのがわかる。みんな〝あまちゃん〟に参加しているのが嬉しくてたまらないのだ。

私は〝潮騒のメモリー〟には泣かないが、線路の沿道で手を振る人には本当に弱い。目に熱いものが溢れてきた。それは前々日、被災地に行ったことが大きいだろう。南三陸も女川も石巻も、瓦礫が片づけられ、雑草が繁っていた。ここに町があり、たくさんの家が立ち並んでいたなどとは信じられない。土台の石も草に隠れている。

しかし忘れてはいけないし、忘れられるはずもないのである。あの大震災の記憶はずっと胸の中にあるものの、被災地の人たちの痛みにどう向き合っていいのか、人々はこの二年間とまどっていたのではないか。そこに妖精のようなアキの登場である。彼女をとおして、私たちは素直に東北に心を寄せることが出来た。

豊かで平和な北の国に、三・一一が訪れることを私たちは知っている。だからあれほどアキとユイをめぐる人々をいとおしさを持って見つめていたのではないだろうか。皆が無事とわかった時、私たちは親戚の安否を確かめたように心からほっとしたものだ。最後にアキとユイは「この先へ」とトンネルをもつれ合いながら走る。希望がこれほど体現されたシーンを私は知らない。「若いっていいなァ」とつぶやいていた。

……… テレビって

このあいだ東日本大震災の被災地を訪れた時のことである。驚いた。商店街の人たちが、

「ハヤシマリコが来た！」

と大騒ぎである。色紙やカメラを持ってやってくるし、帰ろうとすると、追っかけてきて店の商品をプレゼントしてくださる人さえいる。

自慢しているわけではない。テレビの威力がいかにすごいか、まざまざと感じたのである。

この旅は三枝成彰さんが会長をつとめる「3・11震災孤児遺児文化・スポーツ支援機構」という、いささか長い名前のボランティア団体のスタディツアーである。三枝さんに賛同して私がこの活動をやっているのは、震災の時に私たちは何の役にも立たないと

いう無力感ゆえだ。

あの時避難所に、芸能人やスポーツ選手が慰問に行き、どれだけたくさんの人たちが励まされたことだろう。あるタレントさんから聞いた話によると、直後は不謹慎だろうと最初は物資を運んだり、炊き出しをするだけにしていた。すると避難所の人から、

「笑わせて。なんか面白いことやってよ」

と懇願されたというのである。つかの間の笑いであっても、人々は楽しいひとときをすごしたことであろう。

「そこへいくと、作曲家や作家なんていうのは何の役にも立たないよなァ」

と三枝さんはしみじみと言う。よほどテレビに出ていない限り、作曲家や作家の顔は知られていない。どんな人気作家、たとえば村上春樹さんや東野圭吾さんが避難所を訪れたとしても、気づく人はまずいないだろう。

「誰だかすぐにわかって、そして誰もが喜ぶ人といえば瀬戸内寂聴先生ぐらいよね」

と言ったら、みんなそのとおりだと賛同してくれたものだ。もちろん私などが行っても、声をかけられたこともない。色紙にサインを求められたこともなければ、名前を呼びかけられたこともない。よく出張授業に行った石巻の中学校でも、

「このおばさん、いったい誰」

という雰囲気であった。

ところが今年の夏あたりから、本のパブリシティのために、かなりの数のテレビ番組に出た。そうしたら急に顔を知られるようになったのである。このようなことは私にとって初めてではない。三十年前も私はテレビに出まくっていたことがある。あの時は「有名人になるというのはこういうことか」とつくづく思った。電車にはまず乗れなかったし、さまざまな場所で人にとり囲まれた。新幹線の中で居眠りしてふと目を醒ますと、修学旅行生の大群がこちらを見ていたこともある。

しかし今回は私がトシとったこともあり、以前のような「芸能人扱い」ということもない。それでも田舎へ行くと、

「わー、テレビに出ている人」

ということになるのだ。

今回被災地で、いろんな人と握手をしたり、色紙を書いたりしながら、正直、

「テレビに出ているということだけで、こんなに歓迎されるものか」

と不思議な気分にもなる。

インターネットが巨大な勢力を持ったといっても、やはりテレビの力にかなうはずはない。テレビにしょっちゅう出ている人というのは、特殊な立場を得ることになるのである。会ったこともない多くの人たちが、自分のことを知り好感や憎悪を持ったりする。みのもんたさんはおそらくそういうテレビの威力をいちばん知っている人だろう。

みのもんたさんの息子さんには会ったこともないし、事件のこともよくはわからない。恵まれたおうちに育ち、いい学校を出て一流企業に勤めている。お金など全く不自由していない人でも、こういう罪を犯してしまうというのは、おそらくどこかで悩みがあったのかもしれない。

みのさんに関してもいろいろな報道がされていて、しかもエスカレートしているので、会ったことがある私にはとても気の毒に思われる。真相はどうなのか。

初めておめにかかったのは七年前の対談であったが、あれだけの大物が付き人もマネージャーもつけずにお一人でいらっしゃった。そして終わるとまた一人でビルを出ていかれたのである。

夜の巷で遠くからお見かけしても、ホステスさんにとても気を遣われ、皆を笑わせてサービスしていた。人気者は本当に大変だなあと思ったものだ。世の中には、芸者さんやホステスさんといった水商売の女性に、とても威張る男の人は結構いる。有名人だったり、企業のえらい人で、本当に傲慢でイヤな感じのおじさんをいっぱい知っている。こういう人たちは水商売の女性たちに、とても失礼な態度をとるのだ。

けれどもみのさんは、本当に誰にでもやさしかった。花街での人気も高いと聞く。テレビで見ていても、頭がいいうえにウイットがある。出てくるだけで画面がパーッと明るくなるような人はめったにいるもんじゃない。この先大丈夫かしらとテレビをつけたら「秘密のケンミンSHOW」に、いつもと同じ元気な姿が。別に私が心配しなくても大丈夫なのだ。

秋の長い夜、仕事をしなくてはならないのであるが、ついたらたらとテレビを見てしまう私。出るのは向いていない私であるが、見るのは結構いけると思う。心から楽しみゲラゲラ笑うことも、感動して泣くことも出来るからだ。このあいだの「有吉反省会SP」は笑いっぱなしだった。ちゃらいモデルもヒールを演じてちゃんと自分の役割を果たす。そして笑いながら口にする有吉のきつーい言葉に、すばやく反応し、笑いを三乗にも四乗にもするゲストたち。

「テレビに出ている人って、なんてすごいんだ」

と私はしみじみ感心しているのである。

………お嬢さんの企み

最近死語となりつつあるものに、「お嬢さん」があると思う。

私はよく人から、

「娘さん、お元気ですか」

と問われるが、

「お嬢さん、お元気ですか」

と言われたことがない。まあ、うちなどは庶民であるし、〝お嬢さん〟と呼ばれるような家でもないからあたり前と思っていたのであるが、最近テレビでも街での会話でもすべて「娘さん」になっている。他の部分では尊敬語で「お父さま」「お母さま」「ご主人」「お坊ちゃん」でも、なぜか娘は「娘さん」である。不思議だ。

朝の連続テレビ小説「ごちそうさん」を見ていると、お手伝いさんが主人公のことを

「お嬢さん」と呼んでいる。これはおかしい。町の洋食屋の娘だったら、当然「め以ちゃん」であろう。「夫婦善哉」の時に、NHKは時代考証が素晴らしいと誉めたが、今度の朝ドラはちょっとヘン。本郷の町角が、あきらかに愛知県の明治村だったり、うっそうと木の生《お》い繁る山奥だったりするのは仕方ないとしても、明治の女学生と大正のモボモガがごっちゃになっている。

主人公は終戦時四十歳という設定であったから、一九〇五年生まれとして、ドラマの今はもう大正十（一九二一）年を過ぎている。それなのに女学生の袴姿は古過ぎやしないか。

うちの母親は九十八歳であるが、写真を見ると山梨の県立女学校でも洋装の制服であった。やや年上とはいえ、東京の女学校なら当然洋服であろう。洋服なら杏ちゃんも似合うのに……。

まあ、細かいことはこのくらいにして、いよいよ結婚相手とおぼしき帝大生の登場である。め以子の家に下宿しているうち、いつしか恋仲となっていくようだ。

「これって漱石の『こころ』じゃん」

と思った。

あの小説を子どもの頃に読んで、私は憤慨したものだ。昔の士族だか軍人のおうちで夫を亡くし、素人下宿を始める。そこには美しいお嬢さんがいて、彼女をめぐって〝先生〟と親友Kは、激しい心理合戦を繰り拡げるのである。

当時の帝大生といったら超エリート。今とは全く価値が違う。が、たいていは地方から上京してきたうぶな田舎の青年たちである。こういう彼らを一つ屋根の下に置き、年頃の娘に給仕をさせる。そうしたら恋心を抱くのは当然であろう。

「こころ」では、二人の青年はその自分の気持ちを持て余し、苦しい日々をすごす。そして〝先生〟はKを出し抜いてお嬢さんと婚約するのであるが、失恋した方は自殺してしまうのである。罪の意識にさいなまれる〝先生〟も後には自殺する。

「ひどい話だわ。計算高い下宿屋の母娘のために、前途有望な男性が二人自殺するんだから」

そういえば、池田満寿夫さんも、最初の結婚相手は下宿していた先の娘と聞いたことがある。「下宿屋の娘」をキイワードに、近代文学の重要部分を描くことが出来るのではなかろうか……。

とにかく「ごちそうさん」をきっかけに、何十年ぶりかで「こころ」を読み直した私。そこでわかったことがある。下宿屋の奥さんは、日清戦争で戦死した軍人の未亡人なのだ。最初は用心のために役所勤めの人を下宿人に置きたかったとある。役所勤めというからには、官員さんであろう。まあ、最初からそういう意図があったと思われ、小説では結構したたかそうに描かれている。それだからこそ、潔癖な〝先生〟は、お嬢さんに惹かれていく心をセーブしていくわけだ。

それにしても驚いた。私は長いこと〝先生〟とKの二人の下宿人は、二階を居室にしていると思っていた。

ところが小説にはこうある。

「玄関から真直《まつすぐ》に行けば、茶の間、御嬢さんの部屋と二つ続いていて、それを左へ折れると、Kの室、私の室、という間取《まどり》」

何という近さであろうか。もちろん今のようなシェアハウスではない。襖、障子の世界、お風呂、お便所も一緒である。しかもこの家では、みんな一緒にご飯を食べるのだ。お嬢さんはものすごい美人とある。これはもう誰が悪いのでもない。若い帝大生二人が、三角関係に苦しむのは当然のなりゆきなのだ。強いていえば素人下宿を始める一見上品な未亡人がいけない。下宿人をステップアップに使うからだ。

ところで時代はかなり下って、私の大学生の頃、昭和四十年代も、まだこの素人下宿は存在していたのである。クラブの仲間にS子さんという女の子がいた。当時の学生は、四畳半か六畳のアパートに住むのが主流であったが、彼女は埼玉の志木の一軒家に下宿していた。どういう家かというと、ようやくマイホームを建てた若い夫婦が、ローン返済のために一部屋を貸していたのである。食事もついていたはずだ。

一度遊びに行ったら、二階の陽あたりのいい部屋に住んでいた。昼どきにノックがあ

り、

「S子ちゃん、これ……」

と若い奥さんが二人分のナポリタンを運んでくれた。ご飯をつくってくれるのはいいとして、S子さんはここの新婚夫婦と一階のお風呂とトイレを共用しているのだ。

しかし彼女は平気で、卒業までここに暮らした。

今の若い人には理解しがたい話だろう。昔の人のスペース感覚といおうか、住に対する皮膚感覚は今とまるっきり違うのではないか。家具や荷物を持たなければ、他人の家にも違和感なくおさまるのかもしれない。テレビもケイタイもないから音を発することもないだろう。そこに時折響くお嬢さんの琴の音。静を破るパフォーマンスの効果を、下宿屋の未亡人とお嬢さんは知っていたに違いない。

………

炭水化物

今年はいろいろなところから新米を送っていただいた。栃木、茨城、そして新潟のコシヒカリ。何年か前に知り合った新潟の青年が、「ハヤシさん、日本でいちばんおいしいお米を食べて」と毎年送ってくれる。魚沼産のコシヒカリだ。

このお米が届いた週末、お昼は「新米まつり」と銘うった。鮭にやはりいただき物のタラコにイクラ、焼いた海苔、地玉子、梅干、つくだ煮、漬け物、豆腐のお味噌汁をずらりと並べたのである。そのおいしかったことといったらない……。もちろんお替わりをした。

こうして炊きたてのご飯もいいが、いいお米はお握りがこたえられない。お握りにすると三個は中を鮭と梅干にして、上等の海苔でつつむと本当においしい。

軽くいける。塩も天然塩のいいやつなので、じわーっとお米の甘さとなじんですごくおいしい……。

などというような日々をおくっていたら、当然体重は増えていく。とうとう限界点を越えてしまい、洋服が入らなくなってきた。そしていつものようにダイエットに突入した私。この頃の痩身法は炭水化物抜きが主流だ。主流というよりも、もはや完璧に定着した。真理になったといってもいい。

ご飯やパン、おそばやじゃが芋を抜いていくと確実に痩せていく。そのことに多くの人が気づいている。

今までイタリアンを食べに行くと、コースの際、私はいつもパスタを抜いてもらっていた。

「教義にのっとって」

「宗教上の理由で……」

などと言い、ウェイターの人を苦笑させていたのであるが、最近はあちらから、

「パスタはどうなさいますか」

と聞いてくれるようになった。最近女性でオーダーする人はとても少ないそうだ。男の人でも食事に行くと、

「夜はご飯を食べない」

という人が増えている。そして私は心から心配しているのである。

「このままで日本の米文化は大丈夫なのであろうか」

かつてはパンに押されて消費量が落ち、今や美容のために避けられていくとしたら、お米はあまりに可哀想ではないか。

お米大好きな私は再びたらふく食べる。瘦せたその日が来たら心おきなく丼で食べる。決して嫌いになったわけではない。瘦せるその日までお米よ、待っていておくれ……。私だけでなく多くのダイエッターたちがそう思っているはずであるが、その日ははたしていつやってくるのであろうか……。

などと案じなくても、根性がなくおいしいものに目がない私は、さまざまな言いわけを考え、炭水化物を口にしているのである。が、これではいけない、と気を取り直し、再び炭水化物をカットする日々。

言ってみれば、私の日々というのは、いつもこの栄養素をめぐり、あれこれ悩み行動しているのではなかろうか。

つい先日、地方に講演に行った。こういう時ありがたいことに、いろいろな差し入れやプレゼントが楽屋に届く。たいていは地方銘産のお菓子や干物、といったものだ。が、ずっしりと重たい箱が届いた。お鮨屋さんの包み紙だ。なま物なので開けたところ、おいなりさんがぎっしり入っていた。おいなりさんは私の大好物である。よって〝さん〟

をつける。いなり寿司などと呼び捨てにしたことはない。読者の方もそれをご存知だったのであろう。

「これは地元で有名なお鮨屋ですよ。いなり寿司だけなんて、特別につくらせたんですね」

と主催者は言う。

さて、いったいどうしたらいいものであろうか。昨日体重計にのり、もう炭水化物は抜こうと決心したばかりの私に、この大量のおいなりさん。

「そうだ。週刊文春の編集部に届けよう」

タクシーで東京駅から紀尾井町にまわってもらい、夜間通用門で受け渡しをするというのはどうであろうか……。が、東京駅に着くのは十時過ぎのうえに、私は新しい担当者のトーゴー氏（いみじくも夫と同じ姓である！）とまだ二回しか会っていない仲。なんといおうか、差し入れをまた差し入れるのは気がひける……。

と言いわけするのも、やっぱりちょっと食べたいワケ。私はひと箱を開け、三つほどを口にした。甘みが強くてなんとも私好み。じわーんとおいしい。五つは軽くいけるだろう。が、このままでは十個食べてしまいそうだ。私はその箱をかかえ、隣りの部屋に走った。主催者の人たちがお茶を飲んでいたのである。

「あの……、開けちゃったんですけど、これどうぞ」

ありがとうございますと喜ばれた。

そしてもうひと箱を手に新幹線に乗る私。この分量だともう文藝春秋に持っていくには少な過ぎる。仕方ない……、私が食べよう。

次の朝。私は朝ご飯ということで三個食べる。ちなみに夫はおいなりさんが好きではなく、朝からよくそんなものを食べられると言いはなった。それならばこの大箱、どうすればいいのだ。私一人で食べるには多過ぎる。仲よしの近所の奥さんに電話をしたら、土曜日でもう出かけていた。どうするんだ、早く食べなきゃ悪くなる。おいなりさん捨てる、なんてことをしたらバチがあたる。

公園にホームレスの人がいたような気もするが、ふだん全く交流ないし……。やはり私が一人で頑張るのか。

私はどうしていいのかわからないまま、とにかく犬の散歩に出かけた。すると向こうからワンちゃん仲間の女性が……。すぐに尋ねた。

「おいなりさん好きかしら」

「うちじゅう大好きよ」

「手をつけたけどもらってくれる?」

「もちろん」

安堵のあまり涙が出そうになった。

………運がいい私

「ハヤシさんはやっぱり運がいいね」

と多くの方から言われた。それは「笑っていいとも！」終了決定が発表された翌々日に、出演が決まっていたからである。世間からこんなに注目され、視聴率も上がっている最中に、この番組に出るのは、

「すごくツイてるね」

ということらしい。

それにしても「笑っていいとも！」終了は、日本のマスコミを大いににぎわせた。先週の週刊文春など、グラビアで「その時」のテレビの画面を載せている。

「十月二十二日、お昼休みが終わる頃の、衝撃の発表だった」

とまさに社会的事件である。

三十二年続いていたとはいえ、ひとつの番組の終了が、これほど大々的に報道されることはないであろう。タモリさんは幸せな方だ。いざ番組が終わるとなると、ひとつの時代の終わりだとみなこぞって言い、そして今さらながらタモリさんの偉大さを讃えている。三十二年間、毎日決まった時間に司会をし、たくさんのゲストを迎え、レギュラーの芸能人たちと番組を盛り上げる。どれだけの体力と才能、強靱《きょうじん》な精神を必要としたであろうか。

「お昼休みはウキウキウォッチング」

日本人なら誰でもあのメロディを口ずさむことが出来る。

「財布を忘れて愉快なサザエさん」

と同じくらいに。

あちらの方々は全くそう思っていないことであろうが、私と「笑っていいとも！」とは、それはそれは縁が深い。第一回のいいとも青年隊のことを憶えておられるだろうか。今もテレビで大活躍している野々村真さん、濃い人生を歩んでいる羽賀研二さん、今はパチプロになっているらしい久保田篤さん、この三人は初代いいとも青年隊だ。彼らと組んでフジテレビキャンペーンキャラクター（本人はキャンペーンガールと言い張っているが）をつとめたのがこの私である。

帽子をかぶってヨーロッパのレディに扮した私と、三人の男の子はチームをつくり、テレビCM、ポスターと出まくった。一度は皆でドラマに出演したこともある。

当時の彼らの人気はすごくて、どこへいってもものすごい数のファンが待ち構えていた。ある時、イベントに出演した後、廊下で張っていたファンに見つけられた。

「マコトく――ん」

「ケンちゃーん」

と叫びながら、女の子たちがどーっと追ってくる。私はいいとも青年隊と一緒に逃げた。必死に走った。しかし足が遅い悲しさ。控え室に彼らが入ったとたん、ドアはぴたりと閉められた。私はファンの先頭の人と共に、

「開けて〰」

とドアを叩くはめになった……。

そして一九八三年のこと、ついに「笑っていいとも！」から出演依頼があった。本当に嬉しかった。当時、あの番組に出て初めて「有名人」と認定されたからである。私を「お友だち」で呼んでくれたのは、風間杜夫さんである。当時の彼の人気ときたら、今のイケメン俳優たちも遠く及ばない。私は大ファンとして、やたら近づいていった頃である。こういう大物からお声がかかったからには、私も大物に「友だちの輪」をつなげなくてはいけない。私は張り切った。そしてお仕事で知り合ったばかりの松田聖子ちゃんを指名したのだ。

今もスターであるが、八〇年代の聖子ちゃんときたら、大が三つつくぐらいのスター。「本当に出てくれるんですか」

とスタッフは、私に疑いの目を向けたが、聖子ちゃんはちゃんと「いいとも！」と叫んでくれた。

今「笑っていいとも！」三十二年のグラフィティを、いくつかのスポーツ紙や週刊誌がやっているが、歴史的出演のひとつは聖子ちゃんである。が、彼女に友だちの輪をつなげたのは、私よ。この私なのよ。

そして二回めは、黒川紀章さんが私を指名してくれた。世界のクロカワがですよ！

「妻はバロックだけど、ハヤシさんはロココです」

と冗談をおっしゃったのが懐かしい。

とまぁいろんなことがあったのであるが、この十年は「いいとも」をほとんど見ることがなかった。旬のタレントさんたちがにぎやかに出ているのが、なんとはなしに億劫《おっくう》であった。しかしお昼どきになると、町を歩いていても、中華料理屋さんに入っても、あのメロディは聞こえてくる。

「お昼休みはウキウキウォッチング」

それは日本の正午を告げる大切な音楽であった。楽しい軽快なメロディだ。この先ずうっと続くと思っていたのに本当に残念である。

というような気分のまま、今日スタジオアルタに行ってきた。今までになく緊張していた。というのは、おとといの終了発表以降、世間の目がこの「笑っていいとも！」に向けられているのを知っているからだ。

ヘアメイクの女性と、「一日マネージャー」をひき受けてくれた元ファッション誌編集者の三人で出かけた。一度行った人ならおわかりであろうが、ここの楽屋はとても狭いうえに、ガードマンがやたらあちこちに立っている。スターさんがよく出るからであろう。

「お昼休みはウキウキウォッチング」

テレビモニターからこの音楽が流れ始めた。確かにウキウキしてくる。

久しぶりにおめにかかるタモリさんであるが、とても穏やかになられたような気がする。終了を世間に発表して、肩の荷が降りたせいであろう。

私は数あてクイズに挑戦した。

「新幹線の中で、必ずサキイカを買ってしまう人は何人？」

〝十三〟と予想して、スタジオにいる女の子たちの数は十四と出た。前後賞もあるので、OKなのだ。タモリさんのストラップをいただいた。これはすごいレアものだそう。

「ハヤシさんって、本当に強運ですね。すごいです」

みんなはこの偶然に感激していた。

『ウキウキＷＡＴＣＨＩＮＧ』（詞・小泉長一郎　曲・伊藤銀次）
『サザエさん』（詞・林春生　曲・筒美京平）

夜の空港

みのさんを庇うつもりはないけれど、このところ各週刊誌の「みの攻撃」はいささか常軌を逸している。中には、

「みのもんたは、なぜこんなに嫌われるのか」

というタイトルの大特集を組んだところさえある。

本当にどうしてこんなに叩かれるのか。

理由の大きなひとつ、いや最大の、といっていいのは、みのさんのギャラがあまりにも高いことであろう。週刊誌によると、朝のワイドショーの一回分が二百万円とある。二百万円といえば、ふつうの人の年収の半分だ。これを三時間で稼いでしまうのだ。しかもほぼ毎日！　すごい。

ふつうの人、というのは週刊誌の記者たちであるが、

「なんだよ！　進行は局アナが喋ってくれて、VTRが流れて、喋る正味は一時間じゃん。それで二百万円かよ！」

と思ったに違いない。

ヒトさまの懐についてあれこれ言うのははしたないこととわかっているが、テレビに出ている人というのは本当にギャラが高い。ちょっと売れてきたタレントさんでレギュラーを持とうものなら、その収入ははね上がる。

恋愛が発覚し週刊誌などに同棲を報じられる際、

「家賃百二十万円の高級マンション」

と書いてあり、

「えー、あの二十歳ちょっと過ぎたばかりのタレントが……」

とかなり驚いてしまう。

私らの出版業界は本の売れ行きがジリ貧のうえに、未だに原稿用紙一枚千円単位か一万円ちょっとの世界だ。たまにベストセラーが出たとしても、若いタレントさんたちの年収にはとてもかなわない……。

とこんなにひがんでしまうのは、私たち作家はテレビに出ても「文化人ランク」ということでギャラのケタが違うからだ。そして本のパブリシティということで、いただけないことも多い。もっとも最近、しょっちゅうテレビに出ている作家は、ちゃんと芸能事務所に入ってマネージャーや付き人もいるから、そちら方面はちゃんとしているに違いない。

ま、いいんですけどね。お金の話をするとどんどんひがみっぽくなってしまうから気をつけよう。

ところで私たち作家は、原稿料と印税収入の他に講演料というのもいただく。これでひと息つけるところもある。

が、本業が忙しいとこの兼ね合いが本当にむずかしい。

それに人気作家でないと講演の依頼はこないが、講演で食べている、など言われるのはまことに心外でもある。世の中には平気で、

「今は書くより喋る方が忙しいでしょう」

とか、

「一年の半分は講演でしょう」

とか言う人がいる。どうも誉め言葉だと思っているらしい。こんだけ書いてる作家に失礼でしょ。ところがこの秋は講演の依頼がものすごかった。新書が売れたことやテレビに出たことが原因だろう。全部は無理だが、いつもより数多くお引受けした。

しかし私は地方に出かけるのが決して嫌ではない。というのも、私は〝やや鉄子〟で、しかも〝乗りテツ〟である。つまり列車に乗っているのが大好きだからだ。新幹線なら

毎日乗っても構わない。本を読んだり、居眠りしたり、サキイカや柿の種を食べながらコーヒーを飲むのは至福の時だ。

岡山、広島くらいだったら当然新幹線で行く。私の知り合いで飛行機大好き人間がいて、

「東京から大阪なら絶対に空。名古屋も便があったら飛びたいくらい」

というが信じられない。

そんなわけで先週、その土地に行くのに私は新幹線、ローカル線というコースをとった。

「でも帰りは関空までタクシーで行って、そこから飛行機で帰ってくださいよ。そちらの方が早いですよ」

とハタケヤマが言った時、なぜかイヤーな予感がした。〝乗りテツ〟の勘というものであろうか。

さて主催者の方々との夕食を終え、用意されたタクシーに乗った。しかし高速に入ったとたん大渋滞である。本来なら五十分足らずでいくところが、二時間かかった。空港に近づいた時、本来私が乗るべきだった飛行機が夜の空に消えていくのを、どれほど無念の思いで見つめたことであろうか。

私は運転手さんにちょびっと嫌味を言った。

「高速の大規模工事、知りませんでしたか？」

「いいえ、知りませんでした」

流しのタクシーではなく、何日も前から予約されていたハイヤーである。プロの運転手さんなら、高速の情況ぐらい調べておいてほしいワ……。などということを口には出さず、私は関空に降りたった。なんとか最終便に席をとることが出来た。

仕事をしようと資料の本を取り出すが、どうもそんな気になれない。最終便を待つだけの空港はひっそりとしていて、たこ焼きやお好み焼きを食べられるフードコートも人がぽつぽつといるだけだ。こうなってくると近未来的な空港は寒々と見える。私は景気づけに蓬萊の豚マンとシューマイを買った。まだ残っているぬくもりが、ますますわびしさをつのらせる。九時半の最終便だと羽田到着は十一時。家に着くのは十二時近くなる。やりたい仕事もあったし、早く眠りたかったのに！　私なんか毎朝六時起きなんだよ。早く起きて弁当づくりと犬の散歩しなきゃいけないんだ……。

お金を稼ぐというのは大変だ、としみじみ思った。芸能人だって、きっと言い知れぬ苦労があるのだろうと思いをはせるのは、きっとここが駅ではなく空港だからであろう。夜の空港は本当に淋しい。

私の責任

〝美奈子〟のことが気がかりで仕方ない。

〝美奈子さん〟でも〝元ビッグダディの妻〟でもなく、今やタレントの〝美奈子〟として固有名詞となった。

どうしてこれほど〝美奈子〟から目が離せないかというと、私が彼女の比較的早い発見者として、このページでも何回もネタにしてきたからである。しかし当時私のまわりの人たちは、〝美奈子〟と言ってもほとんど知らなかった。

『ハダカの美奈子』というベストセラーを出した、講談社の編集者は、

「こういう本を出したい」

という企画を会議にかけた時、上役や同僚たちは誰一人彼女のことを知らなかったと後に証言している。つまり世の中でインテリに属している人たちは、大家族もののドキュ

メンタリーなどにまるで興味がなかったのだ。

私はもちろん初期の頃から「ビッグダディ」の番組を一回もかかさず見てきた。彼が前妻と別れ、私の知らぬ間にちゃっかり若い奥さんと再婚した時は、少なからず憤慨したものである。が、〝美奈子〟のことは、

「まあ、ちょっと可愛いかも。お金をかけたらもっと綺麗になるかもしれないのに残念だなァ」

と思ったが、世の中の男たちはもっと強くこのことを感じたようである。〝美奈子〟が書いたことになる自叙伝っぽい本は、誰も予想しなかったベストセラーになったのである。

そして〝美奈子〟の快進撃が始まった。芸能事務所に入り、気がつけば、バラエティのひな壇に座るようになったのはご存知のとおりだ。

この頃私は彼女と対談したけれど、小柄なごくふつうの女性であった。笑うと銀歯が目立ったが、いずれ治すだろうなと思っていた。しかし今日も、〝美奈子〟は歯を治すことなく、堂々とテレビに出ている。これは素人っぽさの最後の砦なのかもしれない。まず「金スマ」に出たが、ベッキーの横に座ると全くかすんでしまった。オーラというものがまるでないのだ。今もあるとは思えないが、なんか度胸があっていろいろな番組をそつなくこなしていく。みるみるうちに綺麗になり、あかぬけていくのは驚くばかり

だ。

　しかし私は心に重たいものが残る。

「こんな風にした責任の一端は私にあるのではないだろうか」

　えらそうであるが、〝美奈子〟のことを私のこのページで知った、という人はとても多いのだ。

「だけど〝美奈子〟、あなたはいったいどこへ行くの……」

　私も長いことテレビを見続けてきたが、〝美奈子〟のような例は初めてであろう。テレビに出るからには誰もに理由がある。今年ブレイクした林先生も「今でしょ！」というCMがあり東大卒という学歴があった。尾木ママは「教育評論家」としての実績があり、有吉弘行の二度めのブレイクは、高い視聴率が味方についている。

　しかし〝美奈子〟には何もない。十六歳で子どもを産んで三十歳にして六人の子持ちというのは確かに珍しいが、これは努力とか才能とかとは違うだろう。

　そして次第に、

「〝美奈子〟って、いったい何だろう」

　という空気が世の中に流れ始めた頃、彼女は「全力教室」という番組に出た。自分の生き方を講義するという番組である。〝美奈子〟はテレビに出始めてまだ日が浅いので、テレビ局の意地悪な意図に気づかない。局側は何か言おうと手ぐすねひいてる、ヤンママヤシングルマザーを教室いっぱいに揃えたのだ。

「頑張れ、〝美奈子〟」

と私は心から応援した。この意地悪な試練に打ち勝てば、あなたはあと二年ぐらいはもっと思うよ。うまくやるんだよ。しゃらっと乗り切って、入れ墨入りヤンキーの誇りと底力を見せてくれ。

それなのに〝美奈子〟ったら、途中でポロポロ涙を流し、

「私は（子どものことを）考えているつもりなんですよ」

などと言い出すではないか。駄目だよ、こんなことを口にしちゃと私は本当にがっかりした。おそらくこの番組を見ていた人々の多くが、

「泣くぐらいなら、こんな番組に出なきゃいいのに」

と思ったに違いない。

しかし〝美奈子〟にはまだ味方がついてる。あの大講談社が『ハダカの美奈子』の映画化があるため、本当に裸になった主演の中島知子さんをやたらグラビアに出しているではないか。今週の「ＦＲＩＤＡＹ」の袋とじにもなっていた。

そして先週、ぶ厚い包みが届けられた。中にはゲラ刷りと手紙が入っていた。以前「週刊朝日」で私の担当編集者であったA氏からではないか。

今度〝美奈子〟の子育て論を出版するので、私に帯の推薦文を書いて欲しいという依

頼であった。

さっそく読んでみる。

「子どもとは友だち感覚で。私は自分のことを〝美奈子〟と呼ばせています」

「母親が楽しそうな顔をしていれば、子どもも幸せ」

「子どもに勉強しろとは言わない」

という典型的なヤンキーの子育て論がつづられているが、A氏は、

「まさに目からウロコで感動しました」

だって。彼は確か東大卒のはず。

「東大出ている人が、どうしてありきたりのヤンキーの言葉に感動するのかしら」

と彼の同僚に聞いたところ、

「東大卒だから、ヤンキーに免疫ないんですよ」

〝美奈子〟には新しいファン層がついたのかどうかよくわからない。まあ、帯の推薦文は遠慮したけれども、これからも私は〝美奈子〟を見守り続けると思う。三年後、たぶん「美奈子の店」というスナックが出来るだろうが、たぶん私はそこにも行く。私にはそれだけの責任があるのだから。

………「恋チュン」にドキドキ

文化人たちの団体エンジン01文化戦略会議。今年は十一月二十九日、三十日、十二月一日と甲府で行なわれる。そう、私の故郷だ。

かねてより山梨でエンジンを開催したかった私は、おめにかかるたびに知事にお願いしてきた。その甲斐あって、

「国民文化祭とからめて、二〇一三年にやって欲しい」

とお話をいただいたのがおととしのこと。一年近くいろいろと準備を重ねてきた。その結果素晴らしいプログラムが出来上がった。

今までは高知、鳥取、佐賀、名古屋と東京から遠いところが多かったが、今回は近い場所とあって、参加する講師は百五十人。講座・シンポジウム数は百十八となった。講座は山梨学院大学の講堂や教室を使って行なわれるが、二千人を越す甲府市でのホール

を使ったシンポジウムは四つ、その一つは中田英寿さんがお仲間を連れてきてくださって語る「サッカーの世界地図」である。

講座も充実していて、茂木健一郎さんが現役の脳神経外科医と語り、磯田道史さんや井沢元彦さんらが歴史をとことん喋り尽くす。世界的プリマ吉田都さんも、東京都知事猪瀬直樹さんも、勝間和代さんも出る。百五十人みんなノーギャラなので実現した。これだけの文化イベントは、これまでもなかったし、おそらく今後もないだろう。

しかし……。チケットがなかなか売れないのである。山梨日日新聞も山梨放送も実行委員なので、連日大きく報じてくれている。それなのに、

「やること誰も知らないよ。特に若い人なんかに全く浸透してないよ」

とイトコたちに言われ、キレてしまった。

「こんだけ新聞に大きく出てるんだよ。テレビだって記者会見何度も流してくれてるよ。もーねー、新聞もテレビも見ない、っていう若いコの方がどうかしてるよ。間違ってるんだよ」

そうはいっても、チケットを売らなくてはならない。今回私は大会委員長なのである。

「だったらテレビに出たら」

と言ってくれる人がいて「笑っていいとも！」と「ぴったんこカンカン」に出演させてもらい、この甲府大会を宣伝した。本来なら私の本についてＰＲしたいところである

が、ひたすら、

「甲府に来てください。甲府の友だちに拡めてください」

と連呼した。

そして土曜日には甲府の繁華街に幹事たちで出かけチラシを撒いた。山梨県人会総会にも初めて出席し、ここでもチラシをみなさんに渡した。

これだけ涙ぐましい努力をしたので、売れ行きは少しずつ上がっていった。しかしまだまだ。最近聞いたところによると、イベント業界には「甲府飛ばし」という言葉があるらしい。八王子までいったライブツアーは、甲府を飛び越して長野へ行くのだそうだ。山梨は客が来ない、ということがもう定説になっているようである……。

そしてついに私は決めた。

「そうだ、〝恋チュン〟をやろう」

〝恋チュン〟現象は、このあいだ朝日新聞でも大きく取り上げられたのでご存知の方も多いと思う。AKB48が歌う「恋するフォーチュンクッキー」(名曲だ!)に合わせて、いろんな人が各パートで踊るさまが、ユーチューブで流れるのだ。最初はAKBスタッフバージョンがつくられ、これが大ヒットした。そして佐賀県バージョン、神奈川県バージョン、ジャパネットたかたバージョンなども次々と制作されて人気を博している。どれも知事や社長というトップが出るのが特徴である。私たちも甲府バージョンとして、講師と山梨の人が混じる〝恋チュン〟をつくったらどうであろうか。

実はかなり早い時期に、秋元康さんから、

「今度の甲府大会で、こういうのをつくったらどう？」

と〝恋チュン〟のスタッフバージョンを見せてもらっていたのである。しかし、手間とお金がかかりそうだということで、何となく足踏みしていた。こうなったら実行あるのみ。エンジン事務局の人たちはそれこそ休み返上でかけずりまわってくれた。エンジンの幹事や主メンバーたちに振りつけを憶えてもらい、それを撮影する。実は私たちがためらっていたのはプロのカメラマンを頼むとお金がかかる、という一点だったのであるが、ほとんどがスマホの動画で撮れる、ということがわかった。

「市長も絶対出てくださいね」

と電話でお願いしたところ、

「いいさよォー。オレが出来ることは何でもやってやるさよォー」

と、甲州弁が売りものの、ノリのいい甲府市長さんも快諾してくださった。

そして事務局と山梨県スタッフの奔走で、「恋するフォーチュンクッキー　エンジン01甲府大会」バージョンがついに完成した。出来上がってびっくりだ。この短い期間に、これだけバラエティにとんだ力作が出来たとは……。

知事さんも市長さんも踊ってくださり、県や市の職員の方たちも、富士山レンジャーも、ゆるキャラくんたちも、果樹試験場の方たちも踊ってくれた。山梨県立大学ダンス部はさすがの動きである。エンジン01のメンバーも入り乱れて登場。三枝成彰さん、田原総一朗さん、茂木健一郎さんに、川島なお美さんがメイド服でご主人と踊る。山梨の人たちとメンバーが力を合わせて踊る姿に、思わず瞼が熱くなった。「う、うれしい……」。が、ここからまた別の悩みが。チケットの売れゆきに加えて、日に何回も動画の再生回数をチェックするというドキドキの日々が始まった。

「ハヤシさん、最初はすごい話題になって、二日で二十万再生されたんですけど……。一週間たって落ち着いてきました。これを何とかアップ出来ないでしょうか」

チケットを販売した最初にまた戻った感じである。

誰のもの？

暮れが近づくとパーティーが多くなる。

世の中にはパーティー好きの人がいて、自分でいろいろ企画するのも大好き、とっかえひっかえドレスを着替え、髪もネイルもそれこそ完璧にきめている。いわゆるファッションピープルという方々だ。

この人たちがカタマリでいると、本当にパーティーが華やかになる。だから主催者方にも歓迎され、いろいろなところにひっぱりだこになるのだろう。

私はどちらかといえばパーティーが苦手な方だ。出かけるために洋服を着替えるのが本当にめんどうくさい。いつものバサバサ髪だとさすがに恥ずかしく、サロンに行ってブロウしてもらうのだが、この時間がもったいないとつくづく思う。

それより何よりパーティーのマナーがよくわからない。知り合いが別の人と話している際、どうやって割り込んでいったらいいのかとか、知らない人からしつこくねばられた時の、対処の仕方がよくわからない。そしていつ頃帰っていいのかわからない……。〝ないない〟づくしであるが、昔ほどは嫌いでなくなっているかもしれない。

というのは、歳をとったせいで知り合いが増えて、たいてい誰か友人がいるからだ。そういえば「壁の花」という言葉を聞かなくなって久しい。あれはダンスパーティーが盛んだった頃のなごりなのであろう。

まあ、それはともかく、久しぶりに会った親しい人がいれば、そのまま食事に流れるのも最近パーティーで知った楽しみのひとつだ。人さまに招待されて失礼であるが、ビュッフェというのはそうおいしいものでもないし、人に声をかけられることが多い職業の私は、食べるのがむずかしい。

が、コンパニオンの女性がよく、

「いかがですか」

と、オードブルやお鮨を持ってきてくれる。つい受け取って後悔する。が、お鮨大好き人間の私に言わせると、パーティーの屋台の握りはそうおいしいものではないかも。

ところで、慣れない人が多いパーティーだと、〝持ち運びおばさん〟が出現する。ダンナさん、もしくは自分のグループのために、大量の料理をテーブルに運ぶ女性だ。テーブルの上に置かれた、大盛りのオードブルやお鮨を見ると本当にげんなりしてしまう。そういうことをさせるダンナも嫌いだ。

「自分の食べたいものぐらい、自分で持ってくればいいじゃないの」

と本気で思う。

パーティーだけでなく、朝ごはんのビュッフェを奥さんに運ばせる男の人を見ると、本当にイライラしてしまう。ついでにいくら子どものためとはいえ、パンや果物を大盛りにして運んでくるお母さんもどうかと思う。全部食べるならともかく、半分以上残すからだ。私はビュッフェの料理を残す、という行為が大嫌いなのである。

昔の子どもは、小皿にお醤油を残すと親に怒鳴られたものだ。

「自分の食べる量もわからないのか」

そう、コンパニオンの人が持ってきてくれるお皿とか、たまに誰かが運んできてくれる料理は、人が小皿にさしてくれる醤油かもしれない。

「そんなに使いませんよ」

と思うぐらいたっぷりと注いでくれる。おかげで私は、巻きもののお鮨を注文し、なんとか醤油を消費しようとすることになる。

ついこのあいだのことだ。なかなか素敵なパーティーであった。そう大きくない、二百人ほどのワインパーティー。来ている人がおしゃれで洗練されている。ワインが主役なので料理はあっさりしていて、屋台は三つしか出ていなかった。

そのうちの一つがお鮨で、すぐに長い列が出来た。何度も言うように、私はパーティーのお鮨はそう好きではない。だから並ぼうとは思わなかったが、多少心にはひっかかった。これがすべての始まりだったのである。

三十分後、再び屋台の方に行ってみると、お鮨のショーケースは空になっていた。私はその隣りのおそばの列に並んだ。しつこいようであるが、ふだん私はパーティーの料理の列に並ぶことはほとんどない。しかしなんとなく並んでしまったのは、昼食を抜いていたため、小腹が空いていたからであろう。そして調子にのって、ワインメーカーが並べている銘柄を次々に飲み干していった。まあ、少々酔っていたのである。ことが起こるには、理由が幾つも重なっていく。

そしておそばのおわんを手にした私は、ワイングラスを置くために、近くのテーブルに加わる。

「あら、ハヤシさん」

そこには女の人が一人いるだけであった。

「さっきのハヤシさんのワインのスピーチ、面白かったですよ」

「ありがとうございます」

私は気が気ではない。テーブルの向こう側に手がつけられていないお鮨の皿があったからだ。いつも思う。テーブルの上にあるお料理って、誰かが持ってきたものでも、手をつけていなかったら食べてもいいのではなかろうか。このお鮨はこぶりのマグロで私の気をひいた。

「食べちゃいましょうよ」

私はその女性に言った。

「このお鮨、もったいないわよ。乾いちゃうわ」

私は箸をのばし、二個またたくまに食べた。ふだんならそんなことをしないのに、食べても良いような気がした。そうしたら、お鮨の所有者が帰ってきた。彼はワインを取りに行っていたのだ。そして背を向けて誰かと話していた人は、その人の友人、つまり見張り番だったのである。

「すみません。私が食べました」

謝りましたよ。持ち主がいないと思って食べちゃったんだもの。私はすごくみっともないことをしたんだろうか。そうだと思う。二人は呆然としていた。しかし私は聞きたい。テーブルの上の皿はいったい誰のものなんだろうか……。

……

長い一日

先日あるインタビューで、

「一日のうち、いちばんホッとする時間は？」

と尋ねられたことがある。

「もちろん朝」

と答えた。家族が出ていった後、犬の散歩に行く。寒くてイヤだなァと思うものの、外に連れ出さないわけにはいかない。これが七時二十分頃。そして犬の歩調次第だが大抵は八時頃家に帰る。

これからが私の至福の時だ。「ごちそうさん」を見て、ワイドショーにチャンネルを合わせる。朝ご飯をゆっくり食べて、その後いただきもの、どら焼きやケーキを、

「朝だからいいんだもん」

という論理で頬ばる。そうしながらゆっくりと新聞を見る楽しさといったら……。

しかし今朝はちょっとイヤな予感がした。手帳を見る。なんと朝の十時から予定が入っている。それも下町のかなり遠いところだ。明日から始まるエンジン01甲府大会で、秋元康さん総合演出の「甲府音楽祭」が開かれる。ひと言でいうと会員のカラオケ大会であるが、お客さんもくることだし、入場料もとる（五百円）し、かなり凝ったものになるはずだ。私は秋元氏からきゃりーぱみゅぱみゅをやるように言われている。そして今日は初めてダンサーたちと振りを合わせることになっているのだ。

それはいいとして、午後からのスケジュールが尋常ではない。朝の十時から十二時までダンスのレッスンをした後は、一時半からは青山のスタジオでヘアメイク&撮影&インタビューとなる。女性誌の取材だ。そして次は四時から週刊誌の対談。六時半からは別のホテルでタレントさんと女性誌の対談とある。

「こんな酷いスケジュールってあるかしら」

私は怒りでわなわな震えながら、ハタケヤマに電話をした。

「あなたねぇ、一度も私についてきてくれたことがないから、こんなジグソーパズルみたいなスケジュールが立てられるのよ。昨日だって対談二つ入れたし……」

本当に腹が立つ。

「あなたね、一回でも私に同行してみ。自分は一歩も事務所から出ないから、どんなに疲れるかわからないだろうけどさ、移動だけでも大変だよ」

するといつものように彼女はシレッとして答える。

「ハヤシさん、全部十一月中にしなきゃいけないけど大丈夫ですか、こなせますか、って聞いたら、私は頑張る、とか言ってたんですよ」

はい、はい、わかりましたよ。そうですね、すべて私が選んだことですよねと、不貞腐れて、都内の稽古場へ。ここで若い二人のダンサーの男性が待っていてくれた。大きなピアスにドレッドヘアという、いかにもヒップホップダンスしていそうな男の子。だけど優しくて礼儀正しい。根気強く私のダンスにつき合ってくれる。

しかしそれにしても、こういう細っこい男の子にはさまれ、鏡の前で踊るというのは、まさに「ガマの油状態」である。

「ファッションモンスタ〜、ファッションモンスタ〜」

必死で踊れば踊るほど、彼らとカラダの量と動きがまるで違うことがわかる。このページの読者の方だったら、私がこういう遊びにどれほど精魂傾けるかわかってくださるであろう。振りつけを覚えるために、タブレットの動画を見続けた。家の中ではもちろん、タクシーの中でも見て手を動かしていた。

しかしそれが何であろう。プロのダンサーたちと比べる方が間違っているのであるが、何か黒い物体（セーターを着ていた）が、もそもそ動いている感じ。本当にがっかりしてしまった。しかし私は頑張りました。二時間みっちり踊った。

そして次に青山のスタジオに向かったのであるが、メイクをしてもらいながら、ぐっすり寝入ってしまったではないか。

「ハヤシさん、疲れてるね。まるでアイドルみたいだね」

メイクさんにからかわれた。若い売れているタレントさんは睡眠時間もろくに取れず、髪にドライヤーをかけてもらっている間、眠ってしまうそうだ。アイドルみたい、と言われてちょっと嬉しかった私。

そして今度は赤坂のホテルに移動し、雑誌の対談。やはり疲れているらしい。相手の方の顔が、二つにも三つにもぶれて見える。話の前半、うっかり意識を失ったらどうしようかと気が気ではなかった。

そして六時、次の対談のためにお濠《ほり》端のホテルに向かう。今度はとても楽しみな相手だ。元AKB48のスターさんなのである。迎えに来てくれた編集者が彼女について語ってくれる。

「A子ちゃんって最初はついてなかったけど、秋元康さんに見出されてぐーんって伸びたんですよ」

その時だ。

「何言ってるんですかァ。僕たちファンが頑張ったんです。秋元さんじゃありません！」

タクシーの運転手さんが振り向いて大声を出し、私たちは心底びっくりした。かなり太っていて、こめかみに白いものが目立つ。四十歳ぐらいか。私は言った。

「運転手さん、それじゃあホテルに着くまで私たちに彼女の魅力をレクチャーしてくださいよ」

二十分の間、私たちはA子ちゃんの芯の強さ、明るさ、性格のよさについてしっかり聞くことになる。降りる時、ちょっと意地の悪い気分になった私。

「運転手さん、じゃあ、私たちA子ちゃんに会ってきますね」

「いいなァ……」

心から羨ましそうな声であった。アイドルってこういうファンがいたるところにいる人のことなんだ。いろんなことを知って、今日はとても面白い一日だったな。疲れたことは疲れたけど。

『ファッションモンスター』(詞・曲　中田ヤスタカ)

………甲府のきゃりー

ついにエンジン01甲府大会が開催された。

この日にこぎつけるまで、どれほど大変だったことであろうか。百以上の講座・シンポジウムを考えたり、ポスターをつくったり、出演交渉をしたりするのはいつもと変わりないが、今回の甲府大会のいちばんの苦労は、既にお話ししたとおりチケットが売れなかったことである。

しかも多くの人から言われる。

「ハヤシさん、こんなにすごいイベントがあるっていうのを、山梨で知らない人が多いよ」

そのたびに私はブチ切れた。

「あのね、このイベントを山梨放送はいっぱい告知してくれたし、山梨日日新聞は十五段広告二回やってくれて、しょっちゅう記事にしてくれたんですよ。会員に頼んでツイッターやブログにも出してもらい、山梨版〝恋チュン〟もつくってユーチューブにのせました。若者対策もばっちり。私も全国放送のテレビに何回も出て、『エンジン01甲府大会』を連呼した。これでも知らない、っていう人は、いったいどこに住んでるんですかッ。電波も届かない山奥ですかッ。それともメディアをいっさい断《た》ってるんですかッ」

私の怒りの心が届いたのか、次第に口コミで売れ始めたのは、開会一週間前のこと。三枝成彰さんがまとめてくれたオープニングコンサートは、一階はほぼ満席であった。クラシックは川井郁子さんのバイオリン、横山幸雄さんのピアノがある。そしてソプラノ歌手の中丸三千繪さんが、「富士は日本一のヤマ〜」という有名な唱歌を歌われた。それも会員である六人の作曲家が、それぞれに編曲をするという凝ったものである。おまけに伴奏は横山幸雄さんという贅沢さ。

最後は倍賞千恵子さんの素晴らしい歌で締めた。ホールを出た時、何人もの人から、

「ハヤシさん、こんな素晴らしいものを見せてくれてありがとう！」

とお礼を言われたほどである。

そして二日め、会場の山梨学院大学ではなんと百十八の講座・シンポジウムが開かれた。地元出身の辻村深月さんも交えての文学論から、市長さんが入っての「甲州弁はそ

んなにひどいか?」」。「ここでしか聞けない尖閣諸島」は森本敏前防衛大臣が加わる。世界的プリマ吉田都さんが「言葉の芸術　カラダの芸術」で大宮エリーさんと語り、井沢元彦さん、磯田道史さんらが「もしも信玄が長生きしたら」を熱く議論する。これらの講座がすべてワンコインで聞けるなんて、とても素敵だと思いませんか。

大学のキャンパスが人、人で埋まるのを感激して見つめる私。故郷にやっとエンジンを持ってこられたのであるが、地元の多くの人からお礼を言われると面映い。

「いえ、いえ、こんなことが実現出来るのも、みんな仲間のおかげですよ。みんな一銭ももらわずノーギャラで、グリーン車代も出ないし、泊まるところもビジネスホテル。それなのに百五十人も来てくれたんですよ……」

そして最後の夜は、会員たちを迎える甲府音楽祭だ。

昔、素人劇団「樹座」に属していた頃、遠藤周作先生がこうおっしゃったことがある。

「シロウトがわざと間違えて、笑いをとろうとするぐらいみっともないことはない。シロウトは練習に練習を重ねて、必死でやってもそれでもヘタで間違える。そこで初めて観客は笑ったり拍手をしてくれるんだ」

それで振り付けを動画で送ってもらい、ひまを見つけては練習するようにした。ところが本番の十日前、初めてダンサーの方々と合わせたところ、まるっきり合わないではないか。

「同じことやってるのに、おかしい」

というこことで今の動きを動画で撮影してもらった。それを見ると、とても同じふりには見えない。たとえば、

「つ〜けまつけま〜つけまつける〜、ぱちぱちつけまつ〜け〜て」

という箇所では、膝を曲げて両手をパッパッと頭の横で開くのであるが、私はと見るとくまモンか何かの着ぐるみみたいだ。

「もうこうなったら、デブキャラで笑いをとるしかない」

と覚悟をきめたが、あの遠藤先生の声が……。

「シロウトこそ必死でやる」

そうだ！　どうやったらダンサーたちとばしっと決められるかだ。私はタブレットで動きを研究する。その結果、次のことに気づいた。恥ずかしさでつい猫背になる。これじゃダメ。思いきり体をそらせ、動作を大きくすること。ひとつひとつめりはりをつけること。こうして私は半日楽屋で稽古を重ねた。その結果、「ア、いたた……」。腰を痛めることに。

やがて時間がきて、衣装をつける。特注のすんごいドレス。これに金髪のカツラとりぼんをつける。そしてメイクさんが私の目を垂れ目にし、つけ睫毛をばっちりつけてくれた。おまけに流行の涙袋も。なんか似ているような（誰に？）。大喜びで私は、さっ

そく撮影大会に入る。レディー・ガガに扮した勝間和代さんとツーショット。

「これ、ツイッターにのっけてもいい」

と聞かれ、もちろんと気軽にＯＫしたのだが、勝間さんはツイッターの女王。フォロワーが六十万人いるんですね。きゃりーとガガのツーショットは、たちまち拡散されてすごいことになった。その日のヤフーニュースにものったらしい。テレビと週刊誌から取材が来たぐらいだ。スマホを見たら、

「こいつらを止めるものはいなかったのか」

「いったい何を考えてるんだ」

と大ひんしゅくの嵐ではないか。しかし私は全く気にならない。あんたら人生のこんな楽しさを全く知らないでしょ。頑張ったことが大成功する喜び。コスプレをして思いきりはじける喜び。観客以外に迷惑かけてないもん。しかも「かわいー！」と大歓声だったもの。本当だもの。

『ふじの山』（文部省唱歌／詞・巖谷小波）
『つけまつける』（詞・曲　中田ヤスタカ）

鬼大笑い

十二月のある日、私たち六人は某お鮨屋のカウンターに座った。

そのお店を予約したのは、昨年の十月のことだ。カウンターで十席しかないお店で、やっと一年二ヶ月後に来店がかなったのである。

とてもおいしいお鮨とお酒を楽しみ、友人の一人が言った。

「どうせなら、今日と同じメンバーで来年のこの日を予約しようよ」

そうね、そうだね、と声があがり、来年の十二月の同日に予約をお願いした。しかし予約ノートをめくっていた店主が言う。

「すみませんが、十二月じゃなくて、一月にお願いしたいんですけどね」

そんな先にー、と私たちは口々に叫んだ。

「さ来年だったら、僕は生きてるかどうかわかんないよー」

と七十代の友人が言い、皆が笑ったが、私は他人ごとではないと思う。このところ、急にあちら側に逝ってしまう友人、知人が増えたからである。

毎年暮れになるといろんな雑誌で、亡くなった有名人の特集を組む。その下に載せるコメントを今年は二つも頼まれた。暮れの忙しさの中、〆切りが急だったのでお断わりしたのであるが、

「ああ、あの方が亡くなったのは今年だったんだなぁ……」

としみじみとした思いにかられたのである。

ある方は昨年、食事をしている最中、

「今日、癌が見つかったの」

と突然言われた。

「でも幸い初期だったから、きっと大丈夫」

力強く言っていたのに、今年の夏にふっと亡くなってしまった。あの夜はとても元気だったのに……。

日本人の二人に一人は癌になるというし、全く健康でいられるというのは、ロシアン・ルーレットのようなものだろう。ものすごい、あやうさの上で私たちは何ごともなく生きているのかもしれない……。

いけない、なんかとても暗い話になってしまった。

ところで、

「さ来年だったら、僕は生きてるかどうかわかんないよー」

と大声で言った七十代の友人というのは、おなじみ三枝成彰さんのことである。

「いつも三枝さんのことばかり書くね」

と人に言われるが仕方ない。一週間のうち三回くらい会うんだもの。

この方は見た目も六十代のはじめにしか見えないうえ、親切心とエネルギーが人の十倍、いや二十倍ぐらいある。ついていくのが精いっぱいだ。

昨日も三枝会長の下、「3・11震災孤児遺児文化・スポーツ支援機構」というボランティア団体のミーティングをしていた。東日本大震災で親御さんを亡くした子どもたちの支援のために、来年もサントリーホールでコンサートとオークションを開くことになった。クラシックから演歌まで、すごいスターの方たちが無料で出てくださる。いや、無料どころか、出演者も一律一万円を寄付するというからすごい。オーケストラの方々だって、みんな一万円を箱に入れてくださる。これも三枝さんが考えたことだ。

「チャリティコンサートって言っても、出演料と経費がすごくかかって、たいした金額を寄付出来ないのが大半だよ。だからうちは出演料出さない。弁当だって出さないよ」

この方は指導力もあるが、何だって自分で率先してやる。ものすごく忙しいはずなのに、ボランティアの用事があれば、すぐに東北の現地へ出かけてしまう。寄付してくれた人のところへは、すぐにお礼にとんでいく。そのエネルギッシュなことといったらない。だから「さ来年は……」と言うと、皆が「よく言うよ」と笑うわけだ。

実は先週末、三枝さん夫妻と私と夫とは、福井県の三国温泉に蟹を食べに行った。最初、夫は、

「蟹食べるだけのために遠いとこ行くなんて」

と行くつもりはまるでなかったのであるが、三枝さんの電話攻勢にあった。

「日本一の蟹だよ。絶対に食べなきゃダメだよ。人生がまるで変わるよ。こんなすごい食べ物あるのかってショックを受けるよ」

ということで、夫も重い腰をあげたのである。自分がいいと思うものは、人にも味わわせなくては気がすまない。断食道場もそうだったが、ものすごいエネルギーをかけて、相手を折伏《しゃくぶく》する人だ。

お鮨を食べている最中、三枝さんはおいしい食べ物について喋り続ける。

「あぐー豚のトンカツ。これは絶対に食べなきゃダメ。脂肪が甘いんだよ。あのね、お店にあぐー豚が入った時、僕に電話くれるからみんなに連絡するよ。それから滋賀のモロコ、これが最高。これはね、十二月だからみんなで行こう。京都に一泊してさ。そうそう、モロコもいいけど、鮨もさ、京都においしいお店があるんだよ。これも又行こうよ。みんなスケジュールおさえてね。僕はすぐに店を予約しとくよ。今言ったこと、ち

ゃんとメールして送るから絶対だよ」

ということで、おとといそれが届いた。モロコと鮨の日にちと一緒に、「蟹の日」もちゃんとつけ加えられていた。来年の十一月二十九日三十日とある。

そしてこれを見ているうちに、生きる活力がもりもりと湧いてきた。

来年も一生懸命働いて、モロコと鮨と蟹を食べるぞ、という思いである。そう、そう、さ来年の一月にはお鮨も食べるぞ。これだけスケジュール立てていれば、癌のロシアン・ルーレットも大丈夫だろう。これって、

「オリンピックをする限り、大地震が起こることはない」

と信じる心理に似てるかもしれない。

……

肌とお金

猪瀬知事がついに辞職することになった。これについては、私も世間の人と同じように、まあ仕方ないだろうな、という感想しか持たない。しかしその前のマスコミ〝袋叩き状態〟がすごかった。

これはみのもんたさんの時もそう。以前はその問題を取り上げるだけであったが、今は「坊主憎けりゃ袈裟まで憎い」現象。

女性関係から、金銭感覚、過去にさかのぼっての学生時代のああだ、こうだ、そして人格否定までもっていこうとする。

そのためには誇張も多い。ある雑誌に、

「これが『バカ息子』に〝与えた〟南青山豪邸だ」

と工事中の家の写真が載っていた。確かに南青山というのは高級住宅地であるが、ふつう三十坪の敷地のおうちを豪邸とは言わないでしょ。テレビ局に勤めていたのだったら、自力でもこのくらいの家は建てられるはずだ。どうして、あれほど意地悪になるんだろう。

猪瀬さんにしても、ヘンな女の人が出てきて、各雑誌にあれこれ言うのは決して見よいものでもない。それにしても猪瀬さん、これからは一作家として活動するそうであるが、週刊誌を持っている講談社、新潮社、文藝春秋と仲よく出来るのか。

「猪瀬さんが公人だったから、いろいろ書きましたが、今後は作家としておつき合いしましょう」

などと言われても、

「なぜ猪瀬はあんなに嫌われるのか」

などと書いた出版社とまた仕事出来るんだろうか。人ごとながら心配になる。

しかしそれにしても、他の政治家も徳洲会からいっぱいお金を貰っていたと聞く。五千万円なんてあちらにとってははした金であったろう。が、それをうっかりと貰ってしまったのは、猪瀬さんが政治家として素人だったということで本当に甘かった。

「自分は政治家についてよく知らない。アマチュアであった」

というのは、猪瀬さんの精いっぱいの皮肉だと私は見た。

次元が違う話だが、私もお金をいただくのが本当にヘタである。たいていがうまくいかない。

「エンジン01」や震災関係のボランティアをやるようになり、寄付金集めをするようになった。自分のためのお金なら、とてもおねだりは出来ないけれど、みんなのためなら何でも出来る。企業やお金持ちを訪ねていって、

「どうか法人会員になってください。お金を寄付してください」

と頼む。心からお願いする。しかしこんな景気であるから、なかなかうまくいかない。それどころか、

「考えが甘いんじゃないの」

と説教されることもある。お金をいただくのは本当に大変だ。

「このあいだカジノで二億すった」

とエバる人が、十万円の寄付をイヤだとはねつける。寄付とはそういうものだ。

ところがある時、このご時世に法人会員になってくださるところが見つかった。このところめきめき売上げを伸ばしている化粧品会社だ。化粧品大好きな私は、もちろん名前を知っていた。自然の力で、素肌の美しさを取り戻すのがキャッチフレーズのところだ。こちらの会社は、快く、毎年決まったお金を寄付してくださることになった。

「これには、ハヤシさんがすごく貢献してるんですよ」

「あら、そうなの」

「あそこの女性重役は、ハヤシさんの大ファンだそうです。ハヤシさんにぜひ直営のエステサロンに来てもらいたいそうです」

私は化粧品フリークというほどではないが、

「キレイになりたい」

という空しい願望と共に、あれこれ試してみるのが大好き。だからこのお招きも大喜びでうかがった。

エステの後、パッチテストを受けた。この化粧品にかぶれないか、赤くならないかというのを調べるためだそうだ。私は早く化粧品を試したくてうずうずしているのであるが、いろいろ手続きがいるという。四日後、何も異常がないとわかった後、初めて化粧品を手に入れることが出来る。しかも市販はしておらず、エステティシャンがこちらの肌の状態を見ながら、化粧品の使い方を教えてくれるという。

わりとシンプルな手入れ方法であったが、変わっているのが一度に三回も洗顔をするところ。たちまち肌が乾燥してきた。それどころか、口のまわりに細かいチリメン皺がたくさん発生するではないか。ふつう化粧品は、使い始めるとしっとり、ふっくらするものであるが、この化粧品を使うと顔がシワっぽく赤くなり、乾燥しきって、肌理《きめ》もどんどん粗くなってくるではないか。

「それが新しい素肌が育っている証拠です」

と聞かされても、毎朝鏡を見るたびひぇーっと叫んでしまう。五日めは血がしたたるように、口のまわりが赤黒くなった。サロンに写メを送ったら、色素が出てきたそうである。

「肌に合わないんですよ。絶対にその化粧品やめた方が」

とまわりの人から言われたが、そんなわけにはいかない。なにしろ多額の寄付金をいただいている。私とそう年の違わない女性重役の、すべすべした美しい肌を思い出して私は頑張った。

「今、ここでやめたら、寄付金にケチがつくかもしれない」

しかし、おとといあたりから、私の肌は急変した。信じられないぐらい肌理が細かくなり、艶を持ち始めたのである。嬉しい……。

「もうその化粧品やめたらどうですか。ひどいことになってます」

と言った編集者は、

「紹介してください。お願い」

に変わった。それも嬉しいが、寄付してくださった相手とゴタゴタが起こらなかったことに私は心から安堵しているのである。お金貰うのは本当に大変。

初出　「週刊文春」二〇一三年一月十七日号～二〇一四年一月二・九日号
単行本　『決意とリボン』二〇一四年三月　文藝春秋刊
（文庫化にあたって改題しました）

文春文庫

定価はカバーに
表示してあります

マリコノミクス！
——まだ買《か》ってる

2016年4月10日　第1刷

著　者　林《はやし》　真《ま》理《り》子《こ》

発行者　飯窪成幸

発行所　株式会社　文藝春秋

東京都千代田区紀尾井町3-23　〒102-8008
TEL　03・3265・1211
文藝春秋ホームページ　http://www.bunshun.co.jp

落丁、乱丁本は、お手数ですが小社製作部宛お送り下さい。送料小社負担でお取替致します。

印刷・凸版印刷　製本・加藤製本

Printed in Japan
ISBN978-4-16-790597-2